마녀가 되는 주문

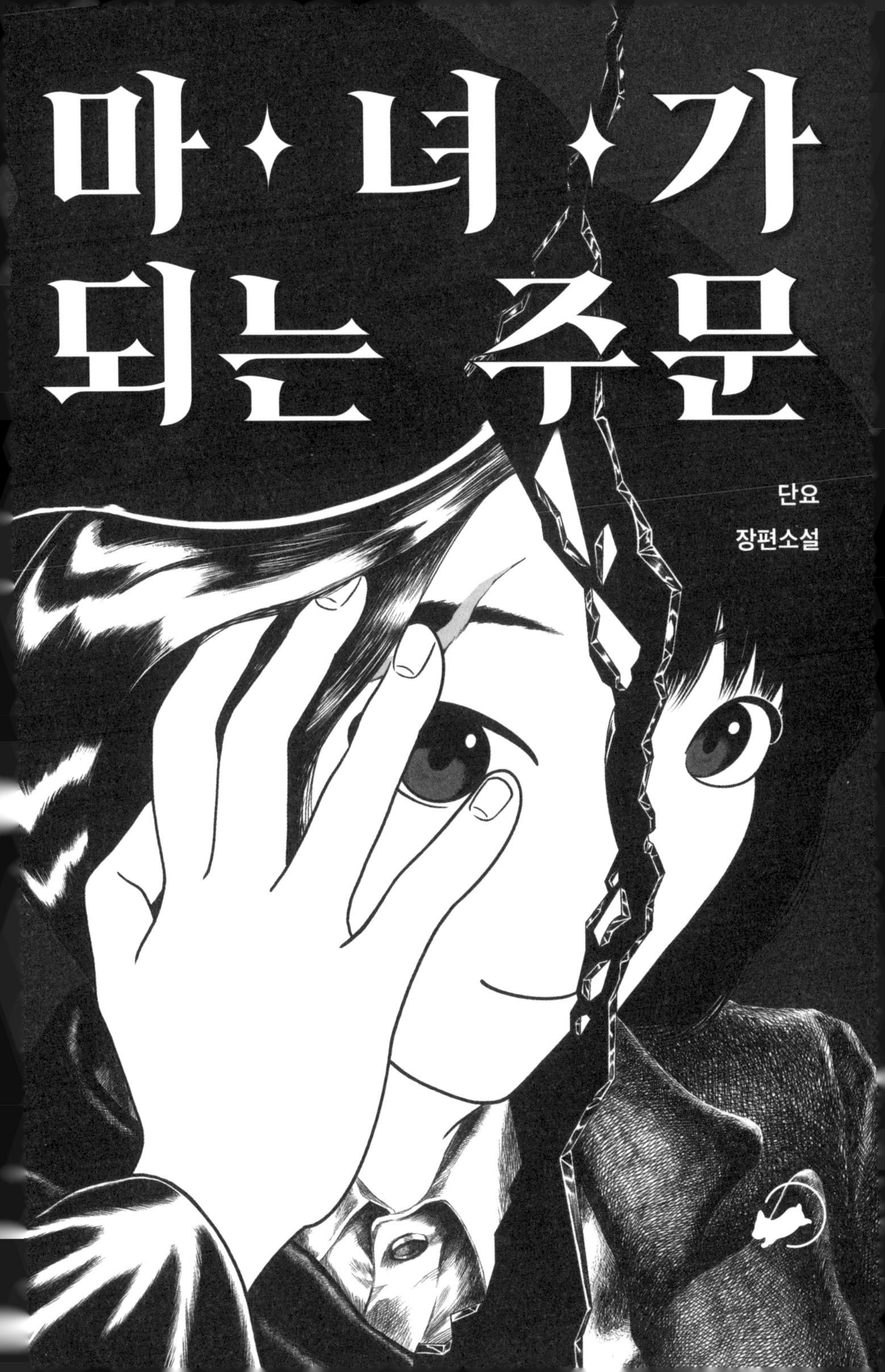
마녀가
되는 주문
단요
장편소설

입학식 축사

　먼 과거에는 인종, 성별, 민족과 같은 개념에 힘이 있었습니다. 사람들은 그 사람 자체가 아니라 피부색으로, 성별로, 태어난 곳으로 구분되었습니다. 비합리적인 시대였습니다. 세상을 바꿀 수 있었던 아이들이 꿈을 버렸습니다. 회사는 능력이 아니라 생김새 때문에 지원자를 탈락시켰습니다. 수많은 손실이, 낭비가, 비효율이 발생했습니다.

　이제 세상이 변했습니다. 지난 시대의 악습은 이제 더는 존재하지 않습니다. 세계는 하나가 되었고 그 사람의 생김새보다 능력이 더욱 평가받는 시대가 왔습니다. 실패는 나쁘고 성공은 좋습니다. 비합리와 비효율은 나쁘고 합리와 효율은 좋습니다. 머물러 있는 것은 나쁘고 나아가는 것은 좋습니다. 발전과 혁신이라는 공정하고 동등한 가치 앞에, 모든 사람은 평등하게 경쟁합니다. 이 학교는 그 평등함을 위해 세워진 곳입니다.

우리의 슬로건을 말씀드리겠습니다. 능력, 합리, 혁신. 신입생 여러분은 이 세 단어를 항상 마음에 새기기를 바랍니다. 그리고 졸업생이 되어 이 강당에 다시 모일 때, 이 슬로건에 어울리는 사람이 되어 있길 바랍니다.

환영합니다.

차례

서장

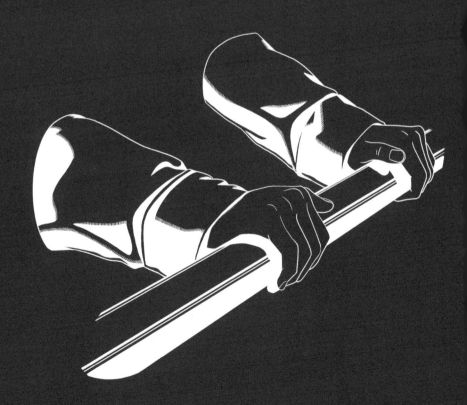

0

허공에 얹힌 난간대는 천사의 원환을 닮았다. 머리 위에 동동 떠서 금색으로 빛나는, 둥근 고리 말이다. 하지만 가까이 붙어 서자 투명한 유리판이 걸음을 막았다. 학교 건물의 옥상은 모두 이런 구조였다. 개방감과 안전을 동시에 누릴 수 있다나 뭐라나.

서아는 유리판에 손바닥을 붙인 채 아래를 내려다보았다. 작은 그림자 여럿이 연구동과 학생 구역 사이의 길을 따라 움직이고 있었다. 일과를 빨리 마친 학생이라면 기숙사로 돌아올 시간이었다. 멍하니 구경하고 있자니 아침에도 여기에서, 기숙사를 나오는 학생들을 지켜보았다는 사실이 떠올랐다. 오늘도 또 하루를 낭비한 것이다.

고개를 설레설레 저은 서아는 손톱 끝으로 난간대를 가볍게 두드렸다. 봄볕만큼이나 화사한 챙그랑 소리가 났다. 그게 꼭 연습 시작, 하는 말처럼 들렸다. 양손으로 난간대를 붙잡은 뒤 힘주어 몸을 들어 올리자 발이 허공에 동동 떴다. 손가락 두 마디쯤. 이 상태로 다리를 얼마나 뻗어야 난간대에 발목을 얹을 수 있을까 가늠하는 순간 낯선 목소리가 서아를 잡아챘다.

"여기서는 못 죽어. 아래에 그물이 있거든."

팔에서 힘을 빼고 뒤를 돌아보았다. 열 걸음 거리에 단발머리를 둥글게 다듬은 학생이 서 있었다. 브로치 색깔을 본 서아는 그러면 그렇지, 하는 말을 겨우 참았다. 빨간색, 5학년, 열아홉 살. 학교 이곳저곳을 돌아다니면서 상담 선생님이라도 된 것처럼 훈수를 두고 싶어 할 시기였다. 6학년이면 슬슬 졸업 때문에 바빠지고 7학년은 완전히 벼랑에 몰려 있으니까.

"알아요."

"알면서 왜 그러고 있었어?"

"연습하고 있었어요. 죽는 연습요. 어떤 기분일지 미리 생각해 두는 거예요."

그리고 서아는 3학년이었다. 열일곱. 잘 풀린 애들은 졸업 이후를 상상하면서 꿈에 부풀고, 꼬인 애들도 아직은 희망을 간직할 나이.

학교에 들어가기만 하면 앞날은 탄탄대로라고들 했다. 실제로 그랬다. 영재원에서도 특출난 아이만 이 학교에 오니까, 무엇이든 배울 수 있으니까, 연구 주제만 잘 찾으면 기업체 후원은 쉽게 받았다. 그렇게 회사에 들어가고, 핵심 연구원이 되어서…….

"사실 아직도 진로를 못 정했거든요. 이거다 싶은 게 없어서. 하고 싶은 것도 없고. 이러다 보면 나중에는 정말로 죽고 싶을 수도 있으니까."

물론 밝은 미래 뒤편에는 그림자가 누워 있었다. 이곳의 학비는 어마어마하게 비싼데, 졸업할 때까지는 모두 유예된다는 것. 그 전에 수업료를 대납해 줄 후원사를 구하지 못하면 빚더미에 깔리는 수밖에 없다는 것. 기업의 눈에 들기 위해서는 훌륭한 논문을 여러 편 쓰거나, 사업 과제 실적이 좋거나, 아니면 거짓말이라도 잘해야 한다는 것.

2학년 중순에서 3학년 중순까지가 가장 중요한 시기였다. 그 시기에 자기 분야를 확실히 정하지 못하면 이도 저도 아닌 채 빚만 떠안기 십상이었다. 대부분은 5학년이나 6학년쯤에 후원사를 찾아 조기 졸업에 성공했지만, 어쩔 수 없이 학자금 고지서를 받아드는 학생도 해마다 예닐곱씩 나왔다.

"옥상에서 떨어지는 것 말고도 방법은 많잖아."

"연습은 안전하게 해야죠. 아직은 죽기 싫은데. 이러다가 갑자기 잘될지도 모르고요⋯⋯. 어떻게 될지는 모르겠지만. 가상 공간 연구실 지원서를 다섯 개나 썼는데, 다 떨어졌거든요."

"그래?"

5학년생이 성큼 다가오자 그제야 이목구비가 눈에 제대로 들어왔다. 쌍꺼풀 없이 커다란 눈이 부엉이 같아서, 무슨 생각을 하는지 모를 표정까지도 그래 보여서, 서아는 도망치는 생쥐라도 된 듯이 고개를 돌렸다. 질문이 휙 뒤따라왔다.

"하고 싶은 게 없다고 했지."

"그렇게 묻는 걸 보니까 언니는 있나 봐요."

서아는 여전히 고개를 돌린 채로 퉁명스레 대꾸했다.

"나는 사람을 살려."

"그래서 옥상에 있는 애들한테 말 걸고 다니는 거예요? 정신 차리라고?"

"아니."

"그러면요?"

이번에는 답이 늦었다.

대답을 기다리다 보니 상대가 이 대화에서 무엇을 기대하는지가 궁금해졌다. 괜한 참견을 할 만큼 여유로운 5학년생에게 죽을 연습을 하는 3학년은 어떤 의미일까. 사람을 살린다는 건 또 무슨 소리일까. 설마 이 열아홉 살은 따스한 말이나 염려가 스무 해쯤 빚에 묶여 사는 삶을 지탱할 수 있다고 믿는 걸까.

호의가 담겼을지라도 이런 식으로 동정받는 건 즐거운 일이 아니었다. 모르는 사람한테 속사정을 너무 많이 털어놓았다는 후회가 일었다. 서아는 잠깐 고민하다가 이쯤에서 대화를 끝내기로 했다. 어차피 오늘 처음 본 데다가 이름도 몰랐다. 이대로 기숙사로 내려가서 씻고 침대에 누우면 금방 잊을 수 있을 거였다. 서아는 돌아서기 전에 마지막으로 인사치레라도 할 생각으로 고개를 틀어 상대를 바라보았다.

그때 갑자기 부엉이 같은 눈이 시선을 잡아끌었고, 오른쪽 눈가의 흉터가 보였다.

손가락 두 마디짜리 흉터.

"있잖아, 나는 마법소녀야."

5학년생은 장난스러운 기색도, 주저하는 기색도 없이 한 문장을 던졌다.

1장
비밀과 행운

1

"마법소녀보다는 마녀 같네요."

"차이가 있나?"

"많이 다르죠. 마법소녀는 좋은 거. 마녀는 나쁜 거."

"내가 나빠 보인다는 소리야?"

"아뇨, 아뇨, 그게 아니라, 만화에선 보통 그렇게 나온다고 요."

마녀가, 또는 5학년생이 깔깔 웃었다.

새까만 고깔모자와 망토를 뒤집어쓴 5학년생의 이름은 현이었다. 앞이나 뒤에 붙는 글자가 없이, 그냥 현. 서아는 그게 검을 현인지 아니면 거문고의 줄 같은 현인지 궁금했지만, 지금 물어볼 주제가 아니라고도 생각했다. 그러면 뭐부터 물어봐야 할까. 마법소녀랑 마녀도 구분 못 하면서 왜 그러고 있느냐고? 아니면 처음 보는 3학년생한테 이러는 이유가 뭐냐고? 궁금한 게 너무 많아서 말문이 막히는 경험은 처음이었다.

"커피가 좋아, 과일주스가 좋아?"

그러다가 현이 선수를 쳤다. 과일주스요, 하고 대답하자마자 테이블 위에 색색깔의 컵이 원을 그리며 나타났다. 색으로 보아서는 아마도 딸기, 오렌지, 포도, 키위. 보라색 컵을 쥐어 들자 나머지는 처음부터 없었던 것처럼 사라졌다. 서아는 잠깐 망설이다가 한 모금 마셨다. 적당히 시원하고 적당히 달콤한, 평범한 주스였다.

"맛있네요. 날씨도 좋고."

컵을 내려놓은 서아는 천천히 고개를 돌리며 주변을 살폈다. 통나무 둥치를 잘라 만든 벤치 옆에 분수가 있었다. 허공으로 치솟는 물줄기가 투명한 버섯갓처럼 얇은 돔을 만들었고, 그 너머로는 화단이 보였다. 개나리와 동백이 함께 꽃을 피우고 있었다. 서아는 겨울과 봄이 만나는 어느 순간을 상상하다가 다시 현에게로 시선을 옮겼다.

"이거요, 진짜는 아니죠?"

"3학년씩이나 돼서 놀라기야?"

"실감이 안 나서 그래요. 아니, 가상 공간이니까 진짜 같긴 하겠지만, 학교 서버 안에 이런 게 있으리라고는 상상해 본 적이 없어서……."

학교는 평범한 중학교나 고등학교와는 달랐다. 이론 강의나 자습은 대개 가상 공간에서 이루어졌기 때문에 학생이라면 하루에 예닐곱 시간은 머리에 접속기를 붙이고 있어야만 했다. 서아도 그런 일이 익숙했다. 하지만 현의 설명을 따라 접속한 곳은 서아가 알던 강의실이 아니었다. 훨씬 다채로운 데다 진짜 같았고, 공부나 연구 같은 단어와는 완전히 연관이 없어 보였다.

"이거, 학교에서 운영하는 게 아니야."

"그러면요?"

"내가 돌리는 거야. 사설 서버라고 해야겠지. 학교 내부망을 빌려 쓰고 있긴 하지만."

현은 자신이 교직원들 몰래 게임을 운영하는 중이라고 말했다. 아무래도 학교는 여러모로 피를 말리는 곳이니까, 나가서 놀 수도 없으니까, 대신 가상 공간에나마 쉴 곳을 만들었다고. 연구 과제나 논문 따위를 잠깐이나마 잊을 수 있도록.

"일주일에 한 번만 열어. 목요일 밤 11시에 시작해서 새벽 1시까지. 가상 공간 안에서는 체감 시간이 느리게 흐르니까, 두 시간이 여덟 시간처럼 느껴지고. 그동안 마음껏 놀다가 현실로 돌아가는 거지. 시간 낭비라고 생각할 수도 있겠지만……. 다들

만족하고 있어."

"대피소 같은 거네요. 저처럼 꼬인 사람들이 오는 곳요."

"다양해. 뭘 해야 할지 몰라서, 학교에 적응하기가 어려워서 접속하는 애도 있고, 현실에서는 회사를 골라서 갈 정도로 잘나가는 애도 있지. 여기에서 놀다가 아이디어를 얻는 애들도 많아. 휴식이라는 게 그런 거지."

사람을 살린다는 게 이런 뜻이었구나, 싶었다. 한편으로는 게임에 접속한 아이들을 처지대로 줄 세운다면 자신의 위치는 어디쯤일까 궁금하기도 했다. 의외로 선두일지도 몰랐다. 2학년 말까지 주제를 정하지 못하면 위험하다지만 3학년이라고 해서 아주 늦은 건 아니었고, 여기에는 아무 시간도 붙잡지 못한 채 나이만 들어 버린 6학년이나 7학년이 있을 테고, 그리고 또…….

커다란 불행을 바라본 다음이라면 자신의 불행은 소박하게만 보이기 마련이다. 그래서 이름도 얼굴도 모르는 7학년생을 상상하는 건 서아의 습관이 됐다. 서아는 그게 마약성 진통제를 남용하는 것과 비슷한 일이라고, 떳떳하게 말할 일은 아니지만 가끔은 어쩔 수가 없다고 믿었다. 하지만 현 앞에서 이런 생각을 하고 있자니 미안해지기도 했다.

결국 서아는 좋은 일을 하시네요, 라고 말했다. 반쯤은 진심을 담아, 반쯤은 속내를 감추기 위해, 좋은 일을 하시네요. 그런데 왜인지 모르게 현의 얼굴에 떨떠름한 기색이 스쳤기 때문에 서아는 초조해졌다. 내가 무슨 말실수를 했나? 다른 주제를 꺼내야 하나? 눈가의 흉터는 왜 생겼는지 물어볼까? 흉터에 사연이 있으면 어떡하지? 생각이 한동안 갈팡질팡하다가 겨우 그럴듯한 질문 하나를 찾아냈다.

"여기요, 몇 명이나 알고 있어요?"

다행히 이번에는 반응이 괜찮았다. 서아는 현의 입이 열리는 모습을 바라보면서 주스를 한 모금 더 마셨다.

"데이터베이스에 남아 있는 계정은 2300개쯤. 목요일에 접속하는 애들은 100명 정도. 그런데 나도 정확히는 몰라. 이거, 내가 시작한 게 아니거든."

관리자 권한은 선배에게서 후배에게로, 대를 잇듯이 내려오고 있었다. 현은 다섯 번째였고, 당연히 제작자도 현이 아니었다. 게임 목적도 본래는 완전히 달랐다.

"너도 알걸. 뉴스에도 나왔거든. 아마 술래잡기 게임으로 보도됐을 텐데."

"아." 서아는 짧게 숨을 들이켰다. "알아요."

15년 전, 학생들이 포트폴리오용으로 개발한 게임이 학내에서 유행했다. 가상의 마을을 배경으로 한 게임이었다. 괴물이 외곽에서 나타나 마을 중앙으로 다가오면 접속자들은 괴물을 피하기 위해 숨거나 도망쳐야만 했다. 그런데 괴물은 시간이 지날수록 거대해지고 빨라졌기 때문에 누군가는 잡힐 수밖에 없었고, 무엇보다도, 잡아먹히는 사람이 없으면 게임은 끝나지 않았다.

문제는 버그였다. 언제부턴가 게임에서 잡아먹힌 사람은 현실에서도 죽게 됐다. 사망 판정이 나는 순간 접속기가 오작동했고, 잘못된 전류 패턴이 뇌출혈을 일으켰다. 이런 종류의 죽음은 느린 만큼 강력했다. 피해자들은 접속기를 해제한 다음 평소와 같은 삶을 살아가면서 조금 어지러워하다가, 하루 이틀 내로 쓰러져 죽었다.

첫 번째 죽음은 우연처럼 다가와서 우연처럼 잊혔다. 흠잡을 데 없는 애도와 슬픔을 남기면서. 하지만 두 번째 죽음을 대하는 태도는 훨씬 비겁했다. 아이들은 게임이 뇌출혈과 관련이 있다는 사실을 눈치챘을지라도 교직원에게 가서 진상을 말하지는 않았다. 그들은 의도치 않은 사고가 커리어를 방해할 가능성을 두려워했다.

반면 일부러 게임에 접속하는 부류도 있었다. 누군가는 반드시 죽으리라는 사실이, 거기에서 오는 긴장이, 불행을 한 발짝 비껴갈 때의 희열이 충동에 불을 붙였다. 또는 불확실한 미래보다는 죽음이 낫다고 생각하기도 했다. 세 번째와 네 번째 죽음은 그래서 무책임하고 조용했다. 어떤 이유에서든 말하지 않는 아이들과 가상 공간 접속 기록을 의심하는 어른들만이 있었다. 그리고 다섯 번째.

다섯 번째 아이는 잡아먹히자마자 의료 센터로 내달렸다. 다른 학생의 처지 따위야 아무 신경도 쓰지 않고. 그렇게 죽음이 멈췄다. 한 달만이었다.

"관련자가 워낙 많아서 흐지부지 넘어갔다고 해. 그런데 생각해 봐. 그렇게 유행을 탄 게임인데, 다들 그 게임을 했는데…… 서버 파일이 모두 사라졌을까? 그리고 애들이 그걸 순순히 포기했을까?"

"그러면, 여기가……."

서아는 말끝을 흐렸다. 조금 전까지는 분수가 예쁘고 나무가 싱그럽게만 보였는데 이제는 그림자 한 조각마저도 낯설고 이상했다. 여기는 정말로 15년 전의 그 게임인 걸까?

"그렇기도 하고, 아니기도 해. 반드시 누군가가 죽는 게임을 순수하게 즐길 수는 없을 테니까. 15년 동안 코드와 그래픽을 계속 고쳤지. 그러면서 추가된 기능이 있고, 개선된 부분이 있고, 게임 자체의 목표가 달라졌어. 휴양지라고 설명하는 게 좋겠네. 도망칠 필요도, 숨을 필요도, 싸울 필요도 없어졌으니까."

"그건 다행이네요."

"하지만 예전처럼 하고 싶다면 그럴 수도 있어. 버그 자체는 못 고쳤거든."

현이 손바닥으로 허공을 쓸어 내자 유리창의 먼지가 닦이듯 홀로그램 지도가 나타났다. 괴물의 동선을 표시하는, 붉은 점 하나가 마을 어귀를 막 지나고 있었다. 그 경로를 눈으로 쫓던 서아는 바로 그 앞에 파란색 점과 초록색 점이 하나씩 있는 걸 깨닫고 흠칫 놀랐다. 잠깐만, 이거 정말로 괜찮은 거야?

질문을 입에 올리려는 순간 굉음이 귓전을 쳤다. 거대하고 새카만 덩어리가 정원 한구석을 으스러뜨리며 다가오고 있었다. 브라키오사우루스에서 목을 떼어 낸 다음 가슴팍에 커다란 입을 붙여 놓은 듯한 형태였다. 꼬리가 양옆으로 휘휘 움직일 때마다 나무들이 부러지고 쓰러졌다. 놈이 서아가 있는 쪽으로 몸을 틀어 달려들었다.

"으아악!"

거의 동시에, 세찬 바람이 서아를 들어 올리더니 하늘로 내던졌다. 시야가 빙빙 돌면서 네 개의 색으로 나뉘었다. 초록색, 파란색, 흙색, 검은색. 꼭 거대한 룰렛 판 같았다. 목숨을 경품으로 내건 룰렛 말이다.

죽을 위기에 놓이면 시간이 느리게 느껴진다는 게 사실인지 쓸데없는 생각과 위안이 될 만한 생각이 뒤섞여 났다. 내일 아침 식단이 괜찮아 보였다는 것. 15년 전과 똑같은 사건이 벌어졌더라면 기삿거리가 되고도 남았으리라는 것. 현은 관리자고 비슷한 상황도 많이 겪었을 테니까, 어떻게든 자신을 살려내리라는 것.

"눈 떠 봐."

그리고 현의 목소리가 들렸다. 서아는 얼굴에 훅 열이 오르는 것을 느꼈고, 묘한 안도감도 느꼈다. 조심스레 눈을 뜬 서아는 자신이 구름 위에 올라타 있다는 것을 깨달았다. 보라색 연기가 몽글거리고 별도 군데군데 박혀 있는, 동화에나 나올 법한 구름이었다. 바로 옆에 현도 서 있었다.

눈이 마주치자 현은 안심하라는 듯 웃고는 걸음을 옮겼다. 한 발짝 내디딜 때마다 발밑에 별구름이 생겨나면서 허공에 길을 만들었다. 서아는 별빛을 받아 반짝이는 구두를, 너풀거리는 망토 자락을, 언뜻언뜻 드러나는 흰 블라우스를 홀린 듯 바라보았다. 그 장면에는 사람을 죽이는 게임을 동화의 한 대목으로 바꾸는 힘이 있었다.

현을 향해 입을 벌리고는 기다란 혀를 뻗는 괴물. 현은 피하는 대신 혀의 끝을 향해 뛰어오르고, 발끝에는 다시 별구름이 자라고, 검지로 허공에 우아한 호를 그리면 궤적은 금색 실로 변한다. 혀를 칭칭 옭아매는 실타래. 둔해진 혀가 현을 후려갈기려 하자 현은 다시 뛰어오른다. 별과 그림자와 구름의 자국을 남기면서. 덩어리진 암흑을 향해 빛줄기를 쏘아 보내면서.

그리고 현은 쓰러진 괴물의 몸을 밟고 선다……

"나는 마법소녀야. 마녀일지도 모르겠지만."

그 목소리에는 만족감만큼의 우울과 피곤이 담겼기 때문에 서아는 수많은 현이 겹쳐 있다고 상상해 보았다. 열아홉 살이나 됐는데도 마법소녀 흉내를 내는 자신을 우습게 여기는 현. 이 쉼터를 아끼고 100명쯤의 학생을 걱정하는 현. 그래서 기꺼이 마법소녀가 된 현. 또 아직은 자신이 알 수 없을 어떤 순간들. 서아는 그 순간들이 궁금해졌고, 알고 싶었고, 조금이나마 나눠 가지고 싶었다.

"그리고 어쨌든, 5학년이지. 이르면 올해, 늦으면 내년 중으로 학교를 떠나게 될 거야. 하지만 아직은 여기가 필요한 학생들이 있으니까, 앞으로도 많이 들어올 테니까, 누군가는 이 일을 해야 하니까—나는, 새로운 마법소녀를 찾고 있어."

망설임은 아주 짧았다. 서아는 고개를 끄덕였다.

2

삶에는 절정이 있다. 그 절정이란 촉망받는 학생이었다거나 테스트에서 최고점을 받았다거나 하는 통속적인 명세라기보다는 입학식 날의 차갑고 밝은 햇살, 머리 바로 위에서 부서지듯 빛나는 유리 지붕, 기숙사에서 연구동으로 이어지는 새하얀 길의 이미지 같은 것이다.

학교에 처음 발을 들인 날은 서아에게 모든 형태의 감각으로 남았지만 이후의 시간은 모호하기만 했다. 절정을 딛고 한 발짝 뛰어올랐는지, 아니면 그대로 굴러떨어지고만 있는지. 그래서 서아는 때로 층수가 표시되지 않는 엘리베이터에 갇힌 듯한 느낌을 받았다. 멈췄는지 움직이는지도 알 수 없고 어디로 향하는지도 모를 사각형의 공간에.

그런 심상은 지난한 현실감을 동반했다. 엘리베이터는 어디쯤에서 멈출까, 처음 탄 층보다 위일까 아래일까, 멈춘 곳 너머에는 무엇이 있을까, 거기에서는 다시 어디로 걸어가야 할까 하는 질문들. 삶에 발을 붙이기 위해서는 반드시 필요하지만 가끔은 바로 그 이유 때문에 삶을 가로막는 무게추들. 서아는 거기에서 해방되는 찰나를 꿈꿨고, 그리고, 현의 존재는 버튼 패널에 적히지 않은 비밀스러운 층계참 같았다.

× × ×

"음."

서아는 홀로그램 거울에 나타난 자신의 얼굴을 살폈다. 마녀 복장을 입은 탓에 어깨를 넘어서는 생머리도, 살짝 내려간 눈매도 다른 사람의 것인 듯 낯설기만 했다. 고깔모자를 벗어 삼각뿔 안을 확인하거나 망토를 괜스레 너풀거리다 보니 궁금한 점이 또 생겼다.

"여기는 게임이잖아요. 그러면 마법소녀 같은 것도 누가 코드를 짜고 그래픽을 추가했으니까 생겼을 텐데……. 처음부터 이랬던 거예요?"

"처음부터 이랬다니?"

"다른 복장은 없나 해서요."

"아, 그 얘기구나. 여러 가지 있어."

현의 몸이 구름처럼 부풀면서 거대한 테디 베어로 변했다. 인형이 뻣뻣한 동작으로 한쪽 팔을 뻗자 손바닥에서 하트가 튀어나왔다. 귀엽다고 생각했지만 잠깐이었다. 펠트 덩어리가 허공을 느릿느릿 가로지르다가 나무 앞에서 멈추더니 그대로 터졌다. 쾅. 갖가지 폭죽을 묶어 터뜨린 듯한 굉음이 주위를 뒤흔들고 움푹 파인 흙구덩이만을 남겼다.

서아가 멍하니 눈을 깜박이는 동안 현은 광선총을 쓰는 카우보이로, 로빈후드로 변했다가 본모습으로 되돌아왔다.

"혹시 하고 싶은 거 있어? 아니면 직접 추가해도 되는데. 개발 도구가 따로 없어서 일일이 만들어야 하긴 하지만."

"아뇨, 지금이 제일 좋아 보이네요."

곰 인형은 너무 우스꽝스러울 것 같았고 다른 둘은 마음이 가질 않았다. 굳이 마녀 복장을 쓰는 데에는 이유가 있지 않겠나 싶기도 했다. 거기에 대해 묻자 현은 기억을 되짚어 가듯 음, 음, 음 하는 소리를 내다가 전임자 이야기를 꺼냈다. 자신이 서아를 고른 것처럼 그 선배도 자신을 골랐다고 했다. 그런데 선배는 다른 의상이 있다는 말을 해 주지 않았고, 그걸 알게 된 시점에는 이미 마법소녀에 익숙해져서 어쩔 수가 없었다는 거였다.

"참, 마법소녀는 첫 번째 관리자님이 추가한 의상이야. 회사도 이거로 가셨고."

"이거로요? 이 게임을 포트폴리오로 제출한 거예요?"

"아니, 그건 아니고, 주제를 제대로 잡으셨대. 〈뇌파에서의 동작 의지 추출과 그에 따른 인지의 확장〉이라고…… 그러니까, 내가 손을 휙 움직인다고 해서 모두 반응이 나오는 건 아니잖아. 봐 봐."

현은 손날로 두 차례, 똑같은 동작으로 허공을 그었다. 처음에는 아무 일도 일어나지 않았지만 그다음에는 괴물을 쓰러뜨렸을 때 그랬던 것처럼 금색 실이 흘러내렸다. 첫 번째 관리자는 착용자의 의도를 읽고 가상 공간에 반영하는 알고리즘을 정밀화했다고 했다. 덕분에 커리어가 탄탄대로로 열렸다는 거였다.

"가상 공간 설계가 어려운 분야이긴 해. 기술 자체는 예전에 상용화가 됐는데도 구현이 부족한 면이 꽤 남았고. 달리 말하면, 하나를 제대로 해내기만 하면 인생이 핀다는 거지. 넌 아직 주제를 못 잡았으니까…… 이쪽으로 파고들면 도움이 될 거야. 관리자들은 대부분 그랬어. 나도 그렇고."

게임은 학생들에게는 휴식처이지만 관리자에게는 실험장

이라고 했다. 새로 개발한 알고리즘을 적용하고 실제 기능을 추가하는 일은 그 자체로 경력이자 포트폴리오였다. 현은 손바닥을 가볍게 뒤집어 오렌지주스가 담긴 컵을 만들어 낸 다음 서아에게 건넸다.

"이건 내 주제. 미각이랑 후각을 복합적으로 구현하는 거야. 훨씬 생생하게."

한 모금을 넘기자 진득한 단맛과 새콤함이 입속을 맴돌다가 쓴맛을 뒤에 남겼다. 오렌지 특유의 맛인지 기분 탓인지 분간하기가 어려웠다. 조금 전까지는 하트를 쏴서 나무를 터뜨리는 곰 인형을 눈앞에 두고 있었는데 갑자기 이런 이야기라니. 여기에는 별구름을 밟고 괴물을 잡는 마법소녀가 있고, 저기에는 응용 수학과 전산학과 뇌공학이 있고. 서아는 의도치 않게 보석 목걸이의 가격표를 본 사람이 됐다.

"잘할 수 있을지 모르겠네요. 가상 공간 설계가…… 아무래도 낯선 분야라서요. 지금까지 건드린 거랑 연관이 있긴 한데 깊이 파고드는 거랑은 많이 다르잖아요. 함부로 이것저것 하다가 게임을 망칠 수도 있고요."

"내가 도와줄게. 어차피 조기 졸업을 한대도 올해 말까지는 여기 있어야 하니까 시간은 충분하거든. 그리고 조금 망쳐도 괜찮아. 각주도 없는 코드가 꼬여 있어서, 손도 못 대는 부분이 얼마나 많은지 알면 놀랄걸."

"그건 고맙지만…… 전 이 게임도 잘 모르는데요. 도움이 제대로 될지도 모르겠고, 1년 만에 그걸 다 배울 수 있을지도 모르겠고, 음, 계속 모르겠다는 말만 하게 되네요. 물론 저야 좋긴 하지만요."

"나도 처음에는 그랬어. 아무것도 모른 채로 접속부터 했지. 그게 더 좋아."

현은 잠시 게임 규칙을 이야기했다. 여기에서 본 얼굴을 교정에서 마주치더라도 아는 척을 해서는 안 된다는 것. 비밀스러운 장소인 탓도 있지만 꿈을 간직할 방편이기도 하다는 것. 그런데 관리자는 그 꿈의 뒤편을 항상 들여다볼 수밖에 없기 때문에 게임과도 거리를 둬야 한다고, 현이 말했다. 아이들에게 풍선을 나누어 주는 인형탈은 동화 같지만, 그 안에 들어 있는 사람은 근로계약서에 얽매인 것처럼.

"당연한 이야기지만, 이 일도 보통은 못 해. 어지간하면 놀고만 싶어 하지. 원래부터 게임을 하던 애들이면 더 그래. 관리자 일도 나름 재미있고 얻어 갈 것도 많지만 다들 마음 편한 걸 좋아하니까. 애초에 마음이 편해지고 싶어서 여기에 왔으니까. 그러니까 게임을 모르는 상태로 관리자가 되는 편이 더 나을 수도 있는 거지."

"제가 하게 되리라는 건 어떻게 알았어요? 싫다고 할 수도 있잖아요."

"있지, 열아홉 살이 하기엔 우스운 소리지만, 이걸 3년씩이나 하면 사람 보는 눈이 생겨. 연구직이나 교직원은 몰라도 어떤 학생이 살기 싫어하는지는 알 수 있는 거야. 정말이야."

현은 2학년 말에 선택받았다고 했다. 지원한 연구실마다 모두 떨어져서 옥상을 서성이던 중에 선배를 만났다는 거였다.

"그런데 네가 난간을 붙잡은 모습을 보니까 내 뒷모습도 이랬을 거라는 생각이 들더라. 앞모습이 보고 싶어졌지. 내가 그때 어떤 표정으로 난간을 붙잡고 있었는지가 궁금했거든."

현은 미래의 어느 순간이 되어 과거를 두드려 보기로 했다. 그게 자신의 일부를 다시 채워 놓으리라고도 느꼈다. 그리고, 그리고. 목소리가 거기에서 뚝 끊겼다. 걷잡을 수 없이 자라난 추억에 빠져들던 나머지, 자신에게만 소중한 물건을 자랑하다가 퍼뜩 정신을 차린 사람 같았다.

"난 너한테 미안해할지도 몰라."

"왜요? 시간 낭비만 시키고 말까 봐?"

"그건 아니야. 연구 분야 같은 건 내가 노력해 볼 일이고 네가 할 수 있는 일이야."

"그러면, 위험해서요?"

"그렇겠지."

현은 말없이 눈가의 흉터를 만지작거렸다. 흉터의 정체를 물어서 분위기가 어색해질 확률과 너무 사소한 사연에 김이 샐 확률은 반반이었고, 그래서 얻을 것 없는 도박은 달갑지 않았다. 대신 서아는 시간에 물성이 있다면 펠트와 비슷할 거라고 생각해 보았다. 어떤 시간은 미리 재단된 채 봉제 인형의 한쪽 다리나 몸통이 되길 기다린다고. 맞은편의 천 조각이 나타났을 때 둘은 비로소 꿰매져서 완전한 형상을 갖춘다고. 그건 조금은 운명이지만 대체로 결심의 문제였다.

"저는 괜찮아요. 괜찮을 거예요."

3

"그러면 내일 아침에 행정처로 가서 하율 교수님 연구실에 들어간다고 말해. 나랑 같은 연구실 소속이 되는 거야. 교수님 께는 내가 오늘 말씀드릴게."

"행정처에서는 그냥 전산 처리만 완료해 주는 거로 알고 있는데요. 지금은 공개 모집 시즌도 아니고 교수님이랑 면접을 본 것도 아닌데, 저희끼리 그렇게 막 결정할 수는……."

학교 연구실들에서는 매년 중순마다 공개 모집을 진행했 다. 운이 좋으면 소규모 프로젝트를 진행하다가 알음알음 소개 받기도 했지만, 일단은 공개 모집에 지원서를 넣는 게 정석이었 다. 서아는 작년에 가상 공간 연구실 다섯 곳을 지원했다가 모 두 탈락했다. 그때 떨어졌던 게 지금이라고 해서 붙을 것 같진 않은데.

"에이, 다 되니까 하는 소리야. 어차피 교수님도 게임 관리자인데. 아니지. 관리자라기보다는 책임자라고 하는 게 맞겠다."

"이 게임요, 설마 교수님도 알고 계시는 거예요?"

"당연하지. 솔직히 학생들끼리만 하긴 어려운 일이잖아. 교수님이 도와주시니까 가능한 거야. 그래서 관리자를 일단 연구실에 받는 거고."

혹시 그 교수님도 15년 전 사건이랑 관련이 있는 걸까? 서아는 추측을 해 보다가 그만두었다. 엮인 사람이 워낙 많은 사건이라서, 그렇다 해도 이상한 일은 아니었다. 탐정 놀이를 하느라 괜히 불안해할 필요가 없다는 소리다.

"그러면 저야 좋지만……. 자기소개서는 보시는 편이 나을 것 같아요. 메일 주소는 교환했으니까 게임 나가면 바로 보낼게요. 작년에 써 둔 게 있거든요."

그렇게 게임이 종료된 다음에도, 파일을 보낸 다음에도 서아는 꿈같은 기분에 잠겨 있었다. 몇 시간 전까지만 해도 옥상에서 다른 학생들을 부러워하고만 있었는데, 이제는 비밀과 행운을 모두 얻은 것이다.

도무지 믿을 수가 없어서 서아는 메신저 앱을 열었다. '새로 추가된 친구' 탭에 현의 이름이 떠 있었다. 조금 더 말을 걸어

볼까. 지금쯤이면 교수님이랑 이야기를 나누고 있을 텐데, 귀찮게 군다는 인상이 박히면 어쩌지. 걱정이 쌓이다 보니 이게 정말로 꿈일 가능성마저 두려워졌다. 메시지를 보내는 순간 꿈이 펑, 하고 터지면서 평범하고 우울한 하루가 시작되는 것이다.

　　서아는 전전긍긍하다가 그만 태블릿을 내려놓았다. 긴장이 풀리면서 잠이 쏟아졌다.

× × ×

　　학교에는 여러 부류의 어른이 있다. 구분하려면 아이들이 그 사람을 어떻게 부르는지 보면 된다. 교직원님이거나, 교수님이거나, 선생님이거나.

　　서아는 3년째 봐 온 선생님 앞에 앉아 있었다. 30대 중반의, 짧은 머리카락을 오른쪽 관자놀이 근처에서 빗어 넘긴 남자였다. 끝단을 아이보리색으로 처리한 직원증이 목에 걸려 있었다. 담당 학생의 진로를 함께 걱정해 주고, 푸념도 들어 주며, 거기에 따르는 서류를 처리하는 게 아이보리색이 하는 일이었다. 사무적인 만큼 친절하고, 친절한 만큼 심드렁한 사람들. 서아는 축하 따위는 기대하지 않은 채로 입을 열었다.

　　"저요, 하율 교수님 연구실에 들어가기로 했어요. 면접도 끝났고요. 전산 처리만 해 주시면 돼요."

"하율 교수님?"

키보드를 두드리느라 남자의 어깨가 약간 수그러졌다. 딸깍딸깍 소리가 몇 차례 나더니 혼잣말 같은 문장이 이어졌다.

"아, 그래. 학생을 공개 모집으로는 안 뽑으시는데……. 좋은 연구실이지. 정말이니?"

"네."

무슨 뜻으로 그렇게 묻는지 짐작이 갔다. 이도 저도 아닌 3학년생이 갑자기, 소수 정예라고 할 수 있는 연구실에 들어가게 된 것이다. 믿기 어렵겠지. 교수님에 관해서는 서아도 이미 찾아봤다. 가상 공간 관련 연구로 실적이 아주 많고, 어디에서나 모셔 가고 싶어 하는 인재고, 또 현이 소속된 연구실의 주인이었다.

결국 현을 만나지 않았더라면 이런 기회는 상상도 하지 못했을 것이다. 그 사실이 좋기도 하고 걱정스럽기도 했다. 행운을 딛고 올라서는 게 아니라 그 무게에 또다시 짓눌리고 마는 게 아닐까. 실망시키지 않을 수 있을까. 애초에 교수님 얼굴은 본 적도 없는데.

그러나 잘될 거라고 믿는 수밖에 없었다. 믿어야만 했다. 서아는 상담 선생님이 키보드를 두드리는 동안 눈을 감고 자신의 가슴께에 왼손을 얹어 보았다. 아직 오지 않은 약속에 맹세하듯이. 심장이 부푼 크기를 재어 보듯이. 그리고 두근거리는 소리가 시끄럽게 느껴질 즈음에 눈을 떴다.

앞에는 여전히 와이셔츠를 걸친 남자가 앉아 있고 공기는 초봄 특유의 추위와 온기를 동시에 담고 있었다. 서아는 허리를 꼿꼿이 세워 칸막이 너머를, 그 사이를 지나다니는 사람들을 살폈다. 어제와 똑같은 표정과 목소리들. 불안도 기대감도 아직은 혼자만의 것이라는 사실이 당연한 동시에 낯설었고, 조금은 징그러웠다.

× × ×

"이야기 다 하고 왔어?"

"앗."

문을 나서던 서아는 자신을 부르는 목소리에 걸음을 멈췄다. 운동화 코 한 쌍이 문지방과 평행한 게 보였다. 벨크로 부분이 닳아 벗겨졌고 본래는 하얀색이었을 가죽은 얼룩덜룩했다. 꽤 오래 신고 다닌 모양이었다.

"네, 전산 처리 부탁하고 다른 얘기도 잠깐 하고 왔어요."

서아는 고개를 들어 운동화의 주인과 시선을 맞췄다. 현이었다. 옥상에서 만났을 때처럼 크고 검은 눈이 미소를 담아 빙글거리고 있었다. 눈가의 흉터 때문인가, 조금 쓸쓸해 보이기도 하는 웃음이었다.

"그러면 바로 연구실로 가자. 오늘은 교수님도 일정이 없거든. 인사드린 다음 소소하게 이야기 나누면 돼."

"벌써요? 아직 학사 정보 변경도 안 됐을 텐데요."

"벌써라니, 원래는 교수님 면담이 먼저인걸."

"그러면 잠깐 기숙사에 들러야겠는데요. 처음 뵈는 건데 옷도 갈아입고, 넥타이도 제대로 하고, 또⋯⋯."

"교수님도 젊은 분이셔서 괜찮아. 어차피 교복은 세 번만 입는다잖아. 입학할 때 한 번, 증명사진 찍을 때 한 번, 회사 면접 볼 때 한 번. 긴장 풀고."

학사지원관 건물 바로 앞에는 직사각형의 잔디밭이 놓여 있었다. 중앙로를 따라 연구동으로 올라가려면 회색 벽돌길을 따라 돌아가거나 잔디밭을 가로질러야 했다. 진입 금지 안내판이 있긴 했지만 아이들은 조금 높은 문지방이라도 되는 것처럼 울타리를 쉽게 넘어다녔다.

학교 교칙은 느슨했다. 나뭇가지를 부러뜨리는 것도, 연못에 염화 나트륨을 풀어 물고기를 죽이는 것도, 친구들과 밤을 지새우는 것도 모두 자유였다. 그런 게 비용으로 청구돼서 쌓일 뿐이었다. 기물 파손비라거나 시설 이용료라는 명목으로. 돈으로 된 벌점이었다. 다행히 잔디밭을 밟는 아이들이 너무 많았고 가끔은 교직원들까지 그랬기 때문에, 학교는 거기에는 금액을 매기지 않았다.

서아는 현을 따라 잔디를 밟았다. 축축한 흙이 부드럽게 눌려 들어갔고, 풀 냄새도 싱그러웠다. 평소와 똑같은 아침이 더 상쾌하게 느껴지는 건 기분 때문일까. 이제는 지나다니는 사람들의 브로치에 먼저 시선이 가는 일이 없었다. 저 애는 아직 1학년이니까 신세가 좋겠구나, 또는 저 선배는 7학년인데 아직 졸업을 못 했구나 하는 생각에 죄책감을 품지 않아도 됐다.

또 한 번 울타리를 넘은 서아는 앞을 바라보았다. 잔디밭을 감싸 올라가던 벽돌길이 직사각형을 완성한 다음 다시 위로 향하고 있었다. 실개울이 큰 강에 합류하듯이, 길은 연구동과 학생 구역을 연결하는 중앙로로 이어졌다. 중앙로를 덮은 포석에는 운모가 섞여 있어서 한 걸음 내디딜 때마다 반짝임이 우수수 날아올랐다.

"해가 환해요."

"구름이 꼈는데. 곧 비가 올 거야. 예보에서 봤어."

"그래요?"

서아는 현을 따라 하늘을 올려다보았다. 구름의 갈라진 곳을 통해 빛이 스며 나오고 있었다. 밝은 날이라고는 말할 수 없겠지만 서아에게는 그것만으로도 충분했다.

× × ×

학생 구역의 건물과 행정처 사무실들은 규칙적으로 배열되어 있지만 연구동 건물은 훨씬 다양했다. 광학 실험 기기가 필요한 연구실과 서버 컴퓨터 한 대로 충분한 연구실이 똑같은 형태일 수는 없으니까. 교수도 저마다 성향이 달랐다. 연구생을 잔뜩 받고 기업과도 많이 교류하는 곳이 있는가 하면 도제식으로 한둘만 받는 곳이 있었다.

하율 교수님 연구실은 후자였다. 가상 공간 설계는 기본적으로 응용 수학이고 전산학이니까, 커다란 실험 기기나 예산은 딱히 필요하지 않으니까 그게 가능했다. 서아는 평범해 보이는 철문 앞에 서서 숨을 깊이 들이마셨다. 문에는 연한 베이지색 페인트가 단정하게 도색되어 있고 눈높이보다 조금 높은 곳에 3A-304라 쓰인 명패가 달려 있었다. 3A동 304호. 이제부터 익숙해질 곳의 이름이었다.

"그냥 들어가면 돼요? 밀고 들어가면 되는 거예요?"

"뭐야, 그게. 문을 처음 보는 건 아닐 거잖아."

현이 재미있다는 듯 웃었다. 서아는 얼굴이 금방 뜨거워지는 걸 느끼며 문고리를 붙잡았다. 100년 전이든 지금이든 문은 어떤 식으로든 밀리거나 당겨지는 물건이라는 사실이 새삼스럽게도 놀라웠다. 참, 이런 생각이나 하고 있을 때가 아닌데. 저 너머에는 교수님이 있고, 이번이 첫 만남이니까, 좋은 인상을 심어 주려면…….

"맞다. 그 게임 있잖아, 교수님이 원작자이셔. 정확히는 그 팀 소속이셨지만."

"네?"

"게임에서 얘기했잖아. 내가 서버 운영하는 거, 교수님도 도와주신다고."

"그건 기억해요. 하지만 하율 교수님은……. 그런 얘기는 처음 듣는데요. 물론 저도 비슷한 생각을 하긴 했지만, 그래도요. 검색 결과에 전혀 안 나왔어요."

"검색 결과에는 당연히 없지. 학교든 학생이든 회사든 유명해지면 안 좋으니까, 서로 잘 이야기해서 기록을 없앤 거야. 교수님뿐만이 아니야. 안 지웠으면 그때 학교 다녔던 사람들은 죄다 다큐멘터리 제작자들한테 쫓겨 다닐걸?"

이 생각을 왜 못 했을까? 제작자들이 학교에 남아 있다는 소문은 익숙했다. 그런 이야기가 학내 네트워크에 올라왔다가는 개인 정보 보호라는 명목으로, 곧장 사라질 뿐이었다. 외부 사이트도 마찬가지였다. 그런 주제의 게시글은 보통 신고를 당해 열람이 제한되어 있었다.

"그런데 저한테 이런 거 막 얘기해도 돼요? 가서 교직원들한테 이르면 어쩌려고요!"

"에이, 안 그럴 거면서."

현은 다 안다는 듯 손을 내저었다. 물론 안 그럴 거긴 했다. 현은 어쨌든 남에게 도움이 되는 일을 하고 있었고, 15년 전에 끝난 사건을 들쑤시는 건 누구한테도 좋지 못한 데다가, 무엇보다도, 서아에게는 연구실이 필요했다. 예고된 빚더미에서 빠져나갈 출구가. 그런데 정말로 이런 걸 처음부터 알아도 되는 건가. 생각지도 못한 보석을 떠맡은 다음 그걸 다시 담보 잡힌 느낌이었다.

묘한 기분에 사로잡힌 사이, 현이 대신 문을 열어 주었다. 한 사람의 고민이 다른 사람에게는 더없이 가볍다는 건 좋은 일도 나쁜 일도 될 수 있을 것이다. 지금은 좋았다. 서아는 내리막에서 밀쳐진 수레처럼, 머뭇거릴 것도 없고 방향을 고민할 것도 없이 일직선으로 걸어 들어가 인사했다. 활짝 웃으면서.

"안녕하세요, 교수님. 3학년 서아입니다."

묶음 머리를 한 여자는 회전의자에 앉은 채로 몸을 반쯤 돌려 서아를 바라보았다. 검은색 면 티셔츠와 헐렁한 청바지를 입고 있었다. 굵고 검은 안경테 때문에 막 학교를 졸업한 듯 어려 보이기도, 마흔은 훌쩍 넘은 듯 보이기도 했다. 진짜 나이는 서른 중반이라고 들었다. 이 학교 출신이고, 이름은 하율. 304호의 담당 교수다.

"아, 왔니? 소속 등록은 이제 막 됐어. 현이한테서 들은 것보다는 활기차 보여서 좋은걸."

싱긋 웃은 하율이 탁자를 가리켰다. 연구실 한가운데에 놓인 유백색 원탁은 5명쯤이 둘러앉을 만한 크기였다. 그 주위로 등받이 없는 의자 세 개가 정삼각형의 세 꼭지점처럼 놓여 있었다. 서아는 그중 하나에 앉아 연구실을 천천히 살폈다.

냉장고 절반 크기의 대형 컴퓨터 두 대가 오른편 벽에 바짝 붙어 있었고, 가상 공간 관련 기기가 정리된 상자도 보였다. 교수님의 개인 책상은 그 옆이었다. 유리로 철제 프레임의 사면을 채운 직육면체 장식장이 눈길을 끌었다. 위 칸에는 넷이 찍은 단체 사진 한 장이 놓였고 아래 칸에는 작은 수첩이 보관되어 있었다. 전자 종이 패널이 아니라 진짜 종이였다. 학교 바깥에서 가져온 물건일 것이다.

"커피 마시니? 아니면 과일주스?"

그렇게 물어보며 일어서는 하율의 옆모습이 장식장을 가

렸다. 서아는 생각을 멈추고는 곧장 대답했다.

"앗, 주스로 부탁드릴게요."

테이블에 주스 한 잔씩이 놓이고 본격적인 면담이 시작됐다. 무엇을 공부했고 무엇을 모르는지에 대한 대화가 이어지면서, 수첩의 존재는 금방 기억 저편으로 사라졌다. 교수님 자신의 몫이든 가족의 몫이든 친구의 몫이든 학생이 신경 쓸 바는 아니다. 전자 칠판 앞에 서서 테스트용 문제를 풀다 보니 장식품 따위를 기억에 담아 둘 겨를이 없기도 했다.

면담은 오래 걸리긴 했지만 순조롭게 끝났다. 저녁 무렵이었다. 하율은 연구동 식당으로 가자고 했다. 다 함께 밖으로 나왔을 때는 현이 말한 것처럼 비가 쏟아지고 있었다.

4

6시도 안 됐는데 구름 때문에 제법 어두웠다. 3A동 앞의 보도블록은 대부분 젖어서 마른 부분이 오히려 얼룩덜룩해 보였다. 오가는 아이는 얼마 없고 불빛만 하늘을 떠돌았다. 사소한 물건을 전할 때 쓰는 소형 드론들이었다.

하율은 빗방울을 만지작거리듯 손을 뻗었다가 고개를 돌려 서아에게 말했다.

"비도 오는데 그냥 안에서 먹을까? 남은 이야기도 있고."

게임 이야기를 해 보자는 뜻인가 보다. 식당에서 그런 주제를 함부로 꺼낼 수는 없을 테니까.

"네, 그게 좋을 것 같아요."

"보자, 오늘 식단이…… 연어덮밥이랑 소불고기네. 둘 중에

뭐가 좋아?"

"연어덮밥으로 할게요."

서아가 먼저 대답했다.

"저는 한 시간쯤 뒤에 강의가 있어서 나중에 먹으려고요. 여기서 기숙사까지 가려면 시간도 좀 걸리고."

현이 이어서 말했다.

"응, 서아는 연어덮밥. 현이는 먼저 가 보고."

현은 고개를 끄덕여 가볍게 인사하고는 서아에게로 몸을 돌렸다.

"10시쯤에 또 연락할 테니까 접속할 준비 미리 해 둬."

"오늘부터 바로요?"

"실전에 들어가기 전에 연습부터 해야지."

"아하."

"앞으로 2주 동안, 매일 10시부터 연습할 거야. 목요일은 빼고. 목요일은 11시부터 본게임이니까⋯⋯."

서아는 알겠다고 대답했고, 현은 3B동 쪽으로 갔다. 평소에는 거기에서 우산을 빌릴 수 있었다. 하율은 태블릿을 꺼내 저녁 식사를 주문했다. 학사 행정 어플은 학교 전체와 연결되어 있었다. 곧 있으면 잘 포장된 연어덮밥이 창문 바깥에 놓인 바구니에 던져질 것이다. 그때쯤 현은 기숙사에서 가상 공간 접속기를 관자놀이에 붙이고 있겠지.

304호로 올라가는 동안 서아는 변화라는 걸 생각했다. 작은 기계가 날아와서 식사를 전해 주는 세상, 머리에 전극을 붙이고 가상 공간을 누비는 세상은 옛사람들이 보기엔 꾸며 낸 이야기 같을 터였다. 허풍스러운 사업 기획서와 영화에만 등장하는 것들 말이다. 하지만 이제 드론과 가상 공간은 당연한 삶이 되어 있었다.

공상과 믿음과 의지는 쉽게 엉겨 붙는다. 그러니까 셋 사이에 명확한 선을 긋기란 불가능할지 모른다. 서아의 머릿속에서 하율이, 하율이 만든 게임이, 전류 속에만 존재하는 공간이, 그 공간이 죽이거나 살린 사람들이, 현의 마녀 복장이, 그리고 서아 자신의 경력서와 연구 과제가 줄줄이 이어졌다.

학교 한구석에서 몰래 게임을 운영하는 것도 조금이나마 다른 세상을 상상하는 일일까. 그래서, 먼 나중에는 아주 놀랄 만한 차이가 생기게 되는 걸까.

서아는 그랬으면 좋겠다고 생각했다.

× × ×

304호에 들어선 하율은 문이 닫힌 걸 몇 번이나 확인한 뒤에 잠금까지 걸었다. 문고리를 당기는 뒷모습을 보자 갑작스럽게도 심장이 빠르게 뛰었다.

"서아야, 내가 무슨 이야기 하려는지는 알지?"

하율이 돌아서서 이렇게 물었을 때는, 두 배로 빠르게.

"네, 네!"

목소리가 너무 컸나, 두 번씩이나 대답한 게 이상해 보이진 않았을까 걱정도 했지만 오래가지는 않았다. 하율은 서랍에서 손바닥 크기의 직육면체를 꺼내 건넸다. 검고 납작한 플라스틱이었는데, 안에는 뭐가 들어 있는지 무거웠다. 입력 전선을 꽂을 수 있는 포트가 가장자리에 몇 개나 있었다. 각인이 없는 걸 보면 학교 비품은 아니었다.

"소형 컴퓨터야. 핵심 코드랑, 코드 흐름도랑, 기획서랑, 그 밖에도 여러 가지 있으니까 보면서 공부하면 돼. 다른 컴퓨터에 옮기진 말고."

메일과 웹하드를 통해 오가는 데이터는 기본적으로 보안 검사를 거친다는 게 하율의 설명이었다. 그때 회사에 특허로 묶인 파일이 걸리면 곤란해지니까 모니터만 연결해서 보라고 했다. 고개를 주억거리던 서아는 문득 이상한 점을 깨달았다.

"보안 검사가 바이러스만 확인하는 게 아니었어요? 교직원들이 제 메일도 다 열어 보는 거예요?"

"그것도 프로그램이 검사하는 거야. 회사들이 제출한 암호화 데이터와 첨부 파일을 대조해서 겹치는 구간이 있는지를 알아보는 거지. 물론 진짜 사건이라도 터지면 사람이 일일이 확인하겠지만."

"게임 파일은요? 선배님한테 파일을 받았는데……. 접속도 했고요……."

"그건 오히려 괜찮아. 게임 파일이 두 종류잖니. 호스트용 서버와 접속자용 클라이언트. 클라이언트 파일은 걸릴 구석도 없어."

서아는 내심 안도하는 동시에 기숙사에 돌아가면 메일함을 비워야겠다고 다짐했다. 가끔 '나에게 메일 보내기' 기능으로 일기를 쓰곤 했기 때문이다. 혹시나 이 일을 들키면 교직원들이 그것까지 보게 될 텐데, 그건 정말로 싫었다. 뉴스는 물론이고 시사 프로그램에까지 올라갈지 모른다.

서아는 심리학자들이 자신의 일기를 분석하고 말을 얹는 장면을 상상하다가 그만두었다. 아직 하루도 안 지났는데 벌써부터 범죄자가 될 걱정을 하다니, 과했다. 게다가 하율도 멀쩡하게 연구 교수 자리를 맡고 있지 않나. 뒷소문이 오가는 것도 아니고, 눈만 모자이크 처리가 된 채로 다큐멘터리에 나온 적도 없다. 심지어 하율이 게임 개발자라는 것조차 잘 알려져 있지 않았다.

거기에 생각이 닿자 또 다른 궁금증이 올라왔다.

"저, 교수님. 하나만 더 여쭤봐도 되나요?"

"딱 하나만 하고 말게?"

장난스러운 웃음이 현을 닮았다는 생각이 들었다. 정확히는, 현이 교수님을 닮은 거겠지.

"이런 걸 막 여쭤봐도 되나 싶어서요. 좀 민감한 주제일 수도 있고요."

"자료까지 다 받아 놓고서, 뭘. 궁금한 거 많을 텐데, 솔직히 물어봐."

서아는 한참을 더 머뭇거리다가 입을 열었다.

"그…… 게임 때문에 사고가 난 적이 있잖아요. 그때 정확히 어떻게 수습이 됐는지 궁금해요. 사실 저는 그거 만드신 분이 학교에 남아 계신 줄도 몰랐거든요. 그런데 15년이 긴 시간이라 해도 따지고 보면 그렇게까지 길진 않고, 교직원 중에는 기억하는 사람도 많을 것 같아서요. 선배님한테 짧게 설명을 듣긴 했지만……."

"음."

하율의 미간이 약간 좁아졌지만 걱정했던 반응은 없었다. 하율은 천천히, 차근차근, 그때 오간 이야기를 읊어 주었다. 두 번째까지는 사고였고 세 번째부터는 겁 없는 아이들이 스스로 죽음을 부른 거니까, 제작자에게 책임을 지워선 안 된다는 게 중론이었다고 했다. 연관인 여럿이 졸업을 앞둔 탓도 있었다. 기업 입장에서는 신입 연구자를 잔뜩 잃을 판이니 날벼락이었다.

"제작팀에 셋이 있었거든. 다들 수업료 대납까지 약속받은 상황이었고. 그런데 생각해 봐. 일이 그렇게 커졌는데 그 애들을 바깥으로 내보낼 수는 없잖니. 상담 치료를 끝낸 다음 학교에 남겨 두고, 대신 연구 과제는 후원 기업에서 주는 것만 맡기로 계약했어. 교직원들은 비밀 각서를 썼고. 함부로 떠들었다간 소송이 걸린다는 소리지."

설명은 거기에서 끝났지만 나머지는 쉽게 짐작할 수 있었다. 연구 교수는 보통 다른 곳에서 경력을 쌓은 사람들이 맡는 자리였다. 졸업자가 곧바로 연구 교수 직함을 받는 경우는 흔치 않았다. 기업체에도 달가운 선택이 아니었거니와 당사자에게도 바깥이 더 나았다. 학교 시설을 모두 합치면 작은 동네 크기는 된다지만, 외진 곳에 틀어박힌 채 수십 년을 보내고 싶어 할 사람은 거의 없었다.

결국 하율은 여기에 붙들려 있는 셈이었다. 완전한 타의는 아니겠지만, 하율에게도 이게 최선이겠지만, 그렇다고 해서 자유로운 것도 아닌 상태로 말이다. 그렇다면 하율에게 게임 운영은 어떤 의미일까. 반항인지, 속죄인지, 아니면 다른 계기가 있는지 묻고 싶었지만 그러기는 아직 이른 듯했다.

"생각보다 일찍 왔네."

하율의 목소리에 서아는 생각을 멈췄다. 창문 바깥에 갈색 종이봉투가 하나 생겨 있었다. 식당에서 배달된 것이었다. 처마에서 흐르는 물줄기가 봉투 뒤편의 허공에 가느다란 세로줄을 놓았고 다시 그 뒤편에는 불빛이 수천수만 개의 빗방울에 번져 어룽거렸다. 3B동의, 또는 405동의 불빛. 드론들의 불빛.

저녁 식사를 하는 동안 서아는 게임에 관해서는 거의 떠올리지 않았다. 연어덮밥은 간이 적당했고 곁들인 채소도 아삭아삭했다. 그게 다였다.

× × ×

서아는 식사를 마치고 이야기를 조금 더 나누다가 기숙사로 돌아왔다. 1108호라 쓰인 문을 열자 현관 전등에 불이 들어오면서 그 너머를 밝혔다. 왼쪽에는 샤워 부스와 침대가, 오른쪽에는 옷장과 책상이, 가운데에는 침대 하나 크기의 공간이, 책상에는 개인용 컴퓨터와 전자 종이 더미가, 침대 옆 바닥에는 가상 현실 접속기가 있었다.

씻고 옷을 갈아입은 뒤 메일함까지 비우자 8시였다. 현이 다시 연락해 올 때까지는 두어 시간이 남은 셈이었다. 뭘 하기엔 짧고 그냥 기다리기엔 긴 시간이었다. 영화라도 한 편 볼까. 집중도 안 될 것 같지만.

가만히 침대에 누워 있자니 잠시 잊고 있던 것들이 잇달아 떠올랐다. 돌아누운 서아는 태블릿을 켜고 15년 전 사건을 검색했다. 건질 게 없으리라는 건 알았지만, 그래도 궁금한 점이 있었다. 뭐가 얼마나 지워졌는지 알고 싶었다.

검색 결과에 잡히는 것은 건조한 신문 기사와 방송의 한 꼭지들. 그 사건을 도입부 삼아 완전히 다른 이야기를 시작하는 칼럼들. 가상 공간 기술을 규제해야 한다느니, 소비자 안전을 위해 기술 알고리즘이 공개되어야 한다느니 하는 주장들. 그리고 구전 소설을 연상시키는 뜬소문의 여러 판본들.

도무지 사실이라고 믿긴 어렵지만 재미있는 이야기들이었다. 명예 훼손이나 프라이버시 보호 등을 이유로 글이 내려가지 않은 이유도 그래서일 거였다. 미끼를 던져 두면 가십거리를 좋아하는 사람들은 그걸 읽고 믿을 테니까. 그러는 동안 하율 같은 사람들은 자연스레 시야에서 벗어날 수 있다.

서아는 하율이라는 이름도 검색창에 넣어 보았지만 어제와 마찬가지로 변변한 결과가 없었다. 학생 시절의 흔적도 전혀 찾지 못했다. 하긴 그런 일을 겪었으니 개명을 했다 쳐도 이상하지 않았다.

거기까지 생각하자 안심스러운 동시에 힘이 쭉 빠지는 느낌이 들었다. 15년 전의 사건은 정말로 끝났구나, 하율이나 다른 둘이나 교직원들을 옭아매고 있는 건 그냥 돈뿐이구나, 하지만 학생들은 계속 그 언저리를 맴도는구나 하는 생각. 게임은 이제 돈으로는 설명하기 힘든 도피처가 되어 있었지만 여전히 모든 것이 돈으로 모여들었다.

돈. 돈이라는 게 대체 뭔지. 7년간의 수업료. 대납해 줄 기업체를 찾지 못하면, 다 갚을 때까지 스무 해가 걸리는 금액. 3학년생이 옥상 난간을 붙잡게 하는 무엇.

이제 15년 전 일은 별로 묻고 싶지 않았다. 대신 학교의 자살률이 궁금해졌다. 원래는 한 해에 한두 명쯤이 죽어 나갔는데 그게 10년쯤 전부터 0으로 줄어들었다는 기사가 검색에 잡혔다. 기자는 정신 건강 센터 신축 등을 이유로 내세우고 있었지만 진짜 이유는 따로 있을 것이다.

짐작이 다른 사람을 통해 확신으로 변하는 순간에는 언제나 위안이 담겨 있다. 서아는 아직 만나지 못한 누군가에게, 가상 공간을 떠도는 학생들에게 닿아 보려는 것처럼 손끝으로 태블릿 화면을 두드렸다. 그러자 현의 메시지가 응답인 듯 날아들었다.

[현] [오후 *9:57*] [*지금 있지?*]

곧 10시였다.

2장
약속과 선택

5

두 번째 접속.

서아는 네 손가락을 머리칼에 끼워 넣은 채 엄지로 관자놀이를 만지작거렸다. 보호막 테두리가 손끝에 잡혔다. 스티커를 떼어 내듯이 보호막을 벗기자 엄지 크기의 금속제 원이 손끝에 느껴졌다. 가상 공간 접속을 위해 전극을 삽입한 것이다. 전선이 쏘아 보내는 신호가 두개골을 뚫고 그 아래까지 직접 들어갈 수 있도록.

서아는 실리콘과 금속판으로 이루어진 보호막을 서랍에 넣고 바닥의 전선을 쥐어 들었다. 전선은 원기둥 모양의 가상 공간 접속기와 이어져 있었다. 둥근 접촉 단자를 관자놀이에 붙이자 자석이 맞물리듯이 딸깍 소리가 났다. 헤드밴드로 전선을 고정한 다음 침대에 정자세로 누웠다.

눈을 감은 채 하나, 둘, 셋, 하고 열까지 세는 순간 아찔한 감각이 눈앞의 어둠을 무너뜨렸다. 발을 딛고 있던 땅이 한순간에 뒤집어지면서 지하 세계가 나타나는 느낌이라고나 할까.

서아는 눈을 떴다. 밝은 어둠을 배경으로, 차갑게 타오르는 점들이 한데 모여 은하수처럼 흐르고 있었다. 수만 개의 글자였다. 글자들은 거대한 줄기에서 떨어져 나와 그래프가 되었다가 육방정계의 다면체로 변했고, 이내 줄 바꿈이 없는 문서처럼 일렬로 끝없이 늘어졌다.

서아는 생각으로 글자를 움직였다.

빛나는 점 몇 개가 눈앞으로 훅 다가오면서 다른 것들이 어둠 속에 숨었다.

이제 보이는 것은 무작위한 알파벳과 숫자의 배열.

lvtu6mh6dd6ynqcxtd2mseqfkm7g2iuxvjobbyzpgx2jt427zvd-7n3ad.

현의 사설 서버에 접근하는 주소.

또는 마법소녀가 되는 주문.

× × ×

"믿는 게 중요해. 정말로 그런 일이 일어날 거라고 믿어야 하지. 자, 여기에 구름이 나타날 거라고 생각하면서, 이렇게."

현이 제자리에서 높이 뛰어오르자 발밑으로 보라색 구름이 나타나며 몸을 받쳐 주었다. 이제 현의 발끝은 서아의 가슴팍과 비슷한 높이에 있었다. 현은 무릎을 꿇고 앉아서 오른팔을 쭉 뻗었다. 손가락을 휘적거릴 때마다 꿀 항아리에 숟가락을 담갔다 꺼내듯 황금색 실타래가 아래로 흘러내리면서 서아를 감쌌다. 설탕 장식을 뒤집어쓴 케이크가 된 기분이었다.

"믿기만 하면 무엇이든 할 수 있어. 실을 구름에 이어 붙여서 던져도 되고, 실을 길고 얇게 모아서 화살로 바꿔도 괜찮지. 괴물을 꽁꽁 묶어 버릴 수도 있고. 네 머릿속에 있는 장면이 그대로 튀어나온다고 상상해 봐."

현은 손가락을 가볍게 튀겨 실타래를 거두어들였다. 서아를 뒤덮고 있던 금실들은 허공으로 올라가다가 하나로 뭉쳐서 머리 크기의 공이 되었다. 현은 그걸 세 손가락으로 받쳐 들고서는 하늘을 향해 휙 던졌다. 수직에 가까운 포물선을 그리며 올라갔다가, 펑. 금색 입자들이 폭죽의 비닐 조각처럼 사방으로 흩날렸다.

"자, 요약하자면…… 가상 공간 입장 화면에 주소를 입력하는 거랑 비슷한 방식이야. 이해했지?"

"네?"

"따라 해 봐. 구름이랑 실만 만들 줄 알면 뭐든 할 수 있어."

표정으로 보아 농담 같지는 않았다. 서아는 구름에 올라탄 현을 빤히 바라보았고, 고개를 수그려 자신의 앞섶을 내려다보았다. 새하얀 망토는 현의 복장과 똑같았지만 색상이 정반대였다. 그래서인지 생각이 쓸데없는 쪽으로 흘렀다. 신입이라 색깔이 다른 걸까, 아니면 그냥 구분하려고 다르게 해 둔 걸까?

"참, 내가 저번에 한 세션이 게임 시간 기준으로 여덟 시간이라고 말했지? 기본 설정에서 초반 네 시간은 준비 시간이야. 여기저기 돌아다니면서 숨을 자리를 미리 봐 두라고 있는 거지. 지금은 노는 시간이지만. 그러니까, 달리 말하면, 그다음부터는 괴물이 나온다는 거야. 괴물은 마을에 오래 있을수록 강해지니까 빨리 처리해야 하고."

현의 목소리에 서아는 퍼뜩 정신을 차렸다. 네 시간이라니, 그 안에 될 일은 아닌 것 같은데. 차라리 문제를 하나 풀라면 모를까.

"아니면, 실전부터 해 볼래? 돌려보내는 건 안 되지만 불러내는 건 얼마든지 가능하거든."

표정에 생각이 드러났는지 현이 덧붙여 말했다. 서아는 고개를 끄덕였다.

× × ×

"위에서 온다!"

현의 외침에 서아는 반사적으로 몸을 날렸다. 검은 덩어리가 빠른 속도로 서아가 있던 자리를 내리쳤고 공기의 흐름이 느껴졌다. 까딱했다가는 죽을 뻔했다. 정말로 죽는 건 괴물에게 '잡아먹힐' 때뿐이라지만 몸이 으스러지는 것도 좋은 경험은 아닐 게 분명했다.

숨을 깊이 들이마신 서아는 발밑에 구름을 불러내 하늘로 떠오르게 했다. 정말로, 진심으로 믿기만 해야 한다는 사실을 되새기면서. 연습할 때는 실패와 성공이 반반이었는데 현과 함께 실전에 나서 보니 실력이 빠르게 늘었다. 목숨이 걸린 일이라 그런 거겠지.

지난 다섯 시간 동안, 서아는 괴물 다섯 마리를 죽였다. 눈앞에 있는, 거대한 구체가 마지막 하나였다. 허공에 떠오른 구체의 표면은 아무것도 없이 매끈했지만 이따금 입을 벌리듯 움직였다. 위아래로 늘어나면서 날카롭고 작은 이빨들을 드러내는 것이다. 정면으로 다가가면 그대로 잡아먹힐 수도 있다고 했다.

다행히 본체는 하늘에만 붙박여 있을 뿐, 직접 움직이는 것은 손 역할을 하는 작은 구체 두 개였다. 그 둘만 잘 피해 올라가면 본체를 제압하기는 쉬웠다. 서아는 들키지 않도록 몸을 별구름에 파묻은 자세로 슬금슬금 고도를 높였다.

그런데 본체에 거의 닿으려는 순간 오른쪽 손이 훅 다가왔다. 들킨 것이다. 고도를 높이자니 본체가 길을 막았고, 저 아래에는 왼쪽 손이 기다리고 있었다. 도망칠 경로를 계산할 겨를도 없이, 서아는 급한 마음에 실타래를 쏘아 보냈다.

금색 실들이 거미줄처럼 곧세 퍼져 나가면서 검은 덩어리를 붙잡아 세웠지만 임시방편에 불과했다. 녀석이 꿈틀거릴 때마다 움직임이 파도치듯 전해져 왔다. 혹시라도 끊어지면 어쩌지. 아니, 이런 생각은 하면 안 되는데.

"저 혼자서는 안 될 것 같은데요!"

서아는 다급히, 검은 마녀를 향해 외쳤다. 현은 괴물보다도 더 높은 곳에서 구름을 타고 앉아 있었다.

"에이, 잘하고 있는걸. 그렇게만 하면 돼."

대꾸하기도 전에 왼쪽 손이 날아들었다. 가까스로 피했지만 이번에는 오른쪽 손을 묶은 실이 풀려 버렸고, 급기야 두 손이 양옆에서 협공을 가하기 시작했다. 서아는 일단 별구름을 타고 움직이면서 실타래를 뿌려 놓았다. 하지만 이미 한 번 풀린 적이 있어서 그런가, 실이 도통 묶이지 않았다.

이제 어쩌지, 하는 질문을 속으로만 삼키려던 찰나 현의 목소리가 머리 위에서 울렸다.

"잡아당기면 될 것 같은데."

"잡아당기라고요?"

그렇게 되묻자마자 어떤 장면이 그려지듯 머릿속에 떠올랐다. 줄자가 한순간에 말려 들어가듯이, 한껏 늘어났던 고무줄이 본래 모습을 되찾듯이, 펼쳐진 실타래가 한 지점으로 모이는 장면. 서아는 자신에게 아주 커다란 손이 있다고 상상했고, 금색 실들을 휙 잡아당겼다. 휙.

그러자 허공에 널려 있던 실타래가 그물이라도 된 것처럼 구체 표면에 조밀하게 달라붙었다. 다시 휙. 검은 덩어리가 별구름을 향해 딸려 들어오는 모습을 바라보면서, 서아는 하늘로 뛰어올랐다. 짧은 시간이 지나 귀가 울릴 듯한 쿵 소리가 났다. 이제 괴물의 손은 그물과 별구름에 휘감긴 채 바닥에 떨어져 있었다.

현은 됐다 싶었는지 고도를 낮춰 괴물의 본체로 다가갔다. 손이 없는 이상 본체를 부수는 건 어려운 일이 아니었다. 실타래를 창 모양으로 만들어서, 정수리라고 부를 만한 부분에 찔러 넣자 괴물은 입을 벙긋거리다가 이내 진득한 연기로 변해 흩어졌다. 현은 허공에 남은, 하얀 구슬을 챙기고는 서아에게로 향했다.

"잘하네."

서아는 대답하려다가 그만 말문이 막혔다. 이런 것도 칭찬이라 할 수 있을지는 모르겠지만, 칭찬을 들은 지 정말 오래됐다는 생각이 났다. 2년이면 충분히 오래됐을 것이다. 학교에 들어온 후로는 강의별 석차건 과제건 다른 학생들을 뒤쫓기만 했으니까.

"그냥 하니까 됐어요."

한참이나 입을 벙긋거리던 서아는 겨우 떠오른 소리를 뱉었다. 그냥 하니까 됐던 일, 도 정말로 오랜만이라고 생각하면서.

× × ×

마지막 괴물이 남기는 하얀 구슬을 부수면 현실로 돌아갈 수 있었다. 내버려 두면 괴물들이 훨씬 강해진 채로 되살아나니까, 마지막 괴물을 처리하자마자 바로 게임을 매듭짓는 게 좋다고 했다.

현은 직접 해 보라며 구슬을 건넸다. 차갑지도 미지근하지도 따뜻하지도 않아서, 온도가 없는 유리 같았다. 구슬을 쥔 손에 힘을 주자 하늘 한가운데가 사선으로 갈라지면서 틈새를 드러냈다. 이내 구슬이 으스러져 가루로 변했고 세상도 그렇게 되었다. 밝고 이상한 어둠이 발밑부터 올라와 환한 조각들을 집어삼켰다.

　　"게임, 끝."

　　그렇게 중얼거린 서아는 눈높이보다도 약간 위쪽에, 네온 간판처럼 매달린 글자들을 바라보았다. "Session Expired"라고 쓰여 있었다. 세션 만료. 종료와 만료 사이에는 큰 차이가 있다는 게 서아의 생각이었다. 종료가 적당한 시점에 끝난 느낌을 준다면, 만료는 시간 앞에서 어쩔 수 없이 허물어지는 느낌을 준다. 그러니까 이 게임에는 만료라는 단어가 더 어울릴 것이다.

　　"어땠어?"

　　현이 유령처럼 나타나 서아 옆에 섰다. 마녀 복장이 아니라 평상복 차림이었다.

　　"잘할 수 있을 것 같아요."

　　서아는 잠시 뒤에 고쳐 말했다.

　　"잘할게요."

6

잘할게요, 라는 말은 서아에게 주문이 됐다. 자신을 둘러싼 세상과 아직 오지 않은 세상에 함께 맹세하듯이, 잘할게요. 그렇게 중얼거리면 심장이 마법처럼 조용해지고 걱정이 잦아들었다. 이러다가 갑자기 생각지 못했던 문제를 맞닥뜨릴지도 모르지만, 아직은 모든 게 순탄했다.

연구실이 지금 맡은 프로젝트는 막바지 단계여서 서아가 끼어들 곳이 많지 않다고 했다. 두어 달쯤 뒤에 새로운 연구 과제가 나올 텐데 그때부터 참여하면 된다는 거였다. 논문 주제는 아직 정하지 못했지만 하율 교수님과 대화를 나누며 방향을 잡아 가고 있었다. 현의 조언대로, 연구실 업무에 지장이 가지 않도록 시간표를 수정했고 교내 가상 공간 학회에도 가입했다.

그리고 밤에는 학교를 잊고 별구름과 금색 실타래로 가득한 세계로 떠날 수 있었다. 눈앞의 괴물이 한때 여러 아이들을 잡아먹었다는 사실은 중요하지 않았다. 두 시간짜리, 또는 여덟 시간짜리 꿈에서 서아는 마법소녀였다. 상상만으로 수많은 일을 해내고 사람을 구하는 주인공. 비록 아직은 연습일 뿐일지라도.

게임 서버는 평소에는 일주일에 한 번씩만 열렸다. 서아가 관리자 기능을 익히고 마법소녀 역할에 완전히 익숙해지기 전까지, 특별히 하루에 한 번으로 빈도를 늘렸을 뿐이다. 서아도 실전에 나서지 못하는 데 불만이 없었다. 그렇게 견습생인 채로 2주가 빠르게 흘러서 또 다른 목요일에 가 닿았다.

× × ×

"잘되고 있어?"

"앗, 네. 기초 교육 때 대충 배웠거든요. 처음 써 보는 기능도 많긴 한데……. 곧 익숙해지겠죠."

현의 목소리에 서아는 모니터에서 시선을 뗐다. 연산용 인공 신경망 사용법을 연습하던 중이었다. 조건문만 잘 써 주면 대학 수준의 증명쯤은 금방 답을 내는 프로그램이었다. 새로운 알고리즘을 고안하는 데에도 여러모로 도움이 됐다. 아니, 필수

적이었다. 물리학 연구실에 입자 가속기가 있다면 응용 수학 연구실에는 인공 신경망 프로그램이 있다고나 할까.

사실은 응용 수학 연구실뿐만이 아니었다. 물리학이든 화학이든 결국엔 수학이 필요하니까, 이런 종류의 프로그램은 연구자라면 누구든 쓰는 게 됐다. 과장을 약간 보태서 인공 신경망 덕분에 이 학교가 세워졌다고 말하는 사람까지 있었다. 예전에는 계산을 사실상 처음부터 끝까지 직접 했다지만, 이제는 명령문만 잘 써내면 10분 안에 답을 받을 수 있었다. 데이터 처리뿐만 아니라 더 복잡한 분야에서도.

결국 스무 살도 안 된 학생들을 학교에 밀어 넣고 이런저런 걸 시킬 수 있는 이유는, 인공 신경망 프로그램이 생겨서였다. '한 사람 몫을 하는' 연구원을 만들어 내는 게 더 쉬워졌으니까. 그리고 더 중요해졌으니까. 어떤 상황에서 어떤 명령을 내려야 하는지 빨리빨리 떠올릴 수 있는 사람은 그러지 못하는 사람보다 훨씬 쓸모 있었다. 이런 일에 쓸모라는 단어를 써도 되는지는 모르겠지만 다들 그렇게 말했다.

서아는 쓸모, 라는 말이 싫었다. 2학년 말부터는 더 그랬다. 초라해지는 느낌 때문이었을 것이다. 다른 아이들은 어디든 쓰일 구석을 찾아 들어가는데, 자신만 덩그러니 남은 기분이 들어서. 지금은 처지가 나아졌지만 마냥 기쁘지만은 않았다. 이게

다 운이라는 생각을 하면 등줄기가 서늘해졌다. 그때 옥상에 서지 않았더라면, 그래서 현을 만나지 못했으면 어떻게 됐을까.

"커피 마실래? 실수로 한 잔 더 주문했거든. 중앙 식당 카페테리아에서 시켰는데."

그래도 이럴 때는 마음이 놓였다. 물방울이 맺힌 컵을 내미는 현을 보면, 이게 꿈은 아니라는 걸 확인할 수 있었다. 그러면 됐지. 서아는 일부러 밝게 웃었다.

"고맙습니다. 그런데 전 안 마시는 편이 좋을 거 같아요. 한 잔만 마셔도 밤에 잠을 못 자거든요. 내일은 아침부터 강의가 있어서 일찍 자려고요."

"나랑은 반대네. 난 워낙 잠을 잘 못 자서, 밤중에도 그냥 마셔. 그런다고 해서 잠이 깨는 것도 아니지만."

현은 서아에게 주려던 커피를 한 모금 마시고는, 생각났다는 듯 덧붙였다.

"오늘은 어차피 늦게 잘 텐데."

"제가요? 아니면 선배님이요?"

"둘 다지. 오늘 목요일이잖아."

그제야 서아는 잊고 있던 사실을 떠올려 냈다. 오늘 밤에는 진짜 게임에 발을 들일 예정이었다. 세상에, 이걸 왜 까먹었지. 내일 아침 강의야 10시부터니까 큰 문제는 아니겠지만.

생각이 그대로 표정에 드러났는지 현이 웃음을 터뜨렸다.

"기숙사까지 같이 갈래? 난 지금 갈 거라서."

서아는 선뜻 고개를 끄덕였다. 프로그램 연습은 개인용 컴퓨터로도 할 수 있는 반면 현과 이야기하는 시간은 귀했다.

밖으로 나오자 쌀쌀해진 공기가 느껴졌다. 저녁이었다. 길 양옆의 가로수와 관목 울타리는 게임의 괴물처럼 검은 덩어리가 되었고, 중앙로만이 노을을 받아 황금색으로 빛났다. 이 길을 따라 걷기만 하면 그대로 해의 한복판에 도착할 수 있을 것만 같았다.

"요새 자주 하는 생각인데요, 이것도 게임 같아요. 레벨이 오르면 예전엔 못 갔던 구역도 열리는 것처럼, 저도 이제 학생 구역 바깥에서도 돌아다닐 수 있게 된 거죠. 마음껏요."

"연구동은 1학년부터 다니지 않아? 대면 강의 중에는 이쪽에서 하는 것도 있고, 작은 프로젝트라도 진행하려면 여기로 와야 할 텐데."

마녀랑 마법소녀가 뭐가 다르냐고 물었던 사람답게, 게임도 잘 모르는 모양이었다. 그런 현이 사설 서버를 운영하고 있다는 사실이 놀랍고 신기했다.

"비유를 든 거예요. 캐릭터를 키우는 게임은 그런 시스템이 있거든요. 캐릭터가 너무 약하면 초보 지역에서 못 나가는 거죠. 어디든 자유롭게 가려면 그만큼 강해야 하고요.”

“선택지가 많아진다는 거지?”

“그렇죠. 그러니까 저도 좀 강해졌다고 볼 수 있는 거죠!”

서아는 저도 모르게 목소리에 힘이 실리는 걸 느꼈다. 현은 무언가 생각하듯 허공을 응시하다가, 오른손으로 눈가를 만지작거렸다.

“이 연구실 말이야, 작년에는 학생이 한 명 더 있었어. 도진이라는 애였는데. 나랑 싸우고서는 다른 교수님 연구실로 옮겼지. 엄청 심하게 싸웠어. 그런데 싸운 다음 날에 연구실에 갔더니 하율 교수님이 아무것도 모른 채로 물으시지 뭐야. 과일주스 아니면 커피, 하고. 카페테리아 원두가 달라졌다면서. 그런데 내가 정말로 바랐던 게 뭔지 알아?”

평소처럼 조곤조곤하면서 울림이 있는 목소리가 뜻밖의 물음을 담고 돌아왔다. 서아는 이게 무슨 뜻일까, 궁금해하면서 눈을 깜박였다. 겁을 주려는 투는 아니었고 화를 내려는 것도 아닌 듯했다. 애초에 화낼 만한 일이 아니니까. 그런데 갑자기 그 학생 이야기는 왜 하는 거지.

“뭐였는데요?”

“그 자리를 뛰쳐 나가고 싶었어. 모두 잊어버리고 없던 일로 만들고 싶었던 거야. 앞으로는 영영 연구동에 올 일이 없게끔. 그런데 어쨌든, 내가 할 수 있는 일은 커피랑 주스 중에서 고르는 것뿐이더라. 커피를 골랐지.”

그렇게 말을 매듭지은 현은 고개를 돌려 서아를 마주 보았다. 입가에 묘한 웃음이 얹혀 있었다. 눈가의 흉터가 조금 다르게 느껴지더니 낯설 만큼 경쾌한 웃음소리가 둘 사이의 진공에서 윙윙 울렸다. 꼭 시트콤 한 꼭지를 마치는 효과음 같았다. 이 장면은 이렇게 끝났습니다, 다음!

“갑자기 예전 생각이 나서 이상한 소리를 했네. 미안해. 그런데 학교는 그런 게임은 아니야. 너무 기대하지 않는 편이 좋아. 즐거워하는 건 괜찮지만. 응, 즐거워하는 건 괜찮아. 하지만 기대하면 안 돼.”

서아는 자신이 어려운 비유를 들었나 보다고 생각했다. 게임을 잘 모르는 사람들에게는 새 지역이 열린다는 말이 다른 느낌으로 다가올 터였다. 현이 아는 게임은 사람이 죽는 것뿐이니까 더 그렇겠지. 서아는 멋쩍게 웃으며 조용히 걸음을 옮겼다. 즐거워하는 건 괜찮다고 했으니까, 그리고 연구동에서 마주칠 일들이 모두 순탄하리라고 예상하지도 않았으니까, 이런 표정쯤은 지어도 될 거라고 생각하면서.

아무도 말하지 않는 동안 발소리만 타박타박 울렸고 서아의 생각도 다른 곳으로 향했다. 그 학생이 누군지는 모르겠지만 어쩌다가 싸운 걸까. 그것도 연구실을 옮길 만큼 심하게. 게임과 관련되어 있을까. 현의 흉터도 그것 때문일까. 그럴 가능성이 커 보였다. 하지만 자세한 사정을 물어볼 엄두는 나지 않았다. 그렇게 망설이다 보니 기숙사 단지가 코앞에 있었다.

"이 건물이지?"

"네, 선배님은 저쪽이셨던 것 같은데……."

현은 고개를 끄덕였다.

"11시부터야. 예비 접속은 10시 50분부터고. 이번엔 연습이 아니라 본 게임이니까, 지금까지랑은 많이 다를 거야."

"더 어렵나요?"

"아니, 직접 보면 알아. 좋은 쪽이니까 기대해도 돼."

현은 잘해 보자는 격려를 남기고 떠났다. 서아는 기숙사 건물 앞에 덩그러니 서서 자기 방이 있는 층을 올려다보고 마음을 다잡았다. 학교는 게임이 아니라지만 게임은 여전히 게임이었다.

7

3A동에 처음으로 발을 들이고 며칠이 지났을 때, 현에게 이런 질문을 한 적이 있었다. 연구실에서 게임 코드를 분석하던 중이었다.

"이거요, 고칠 수 있는 거 아니에요?"

"무슨 소리야?"

"교수님이 코드 파일을 주셔서 확인하고 있거든요. 여러 가지로 복잡하게 꼬여 있긴 한데, 그래도 게임이 시작될 때 괴물이 몇 마리 생성되는지는 쉽게 바꿀 수 있더라고요. 괴물이 덜 나오면 위험할 일도 없을 듯해서요. 지금은 여섯 마리가 나오는 거로 되어 있던데……."

현은 예상한 질문이라는 듯 씩 웃었다.

"마지막 괴물까지 잡으면 게임이 끝나는 거, 기억해?"

"그럼요."

"반대로 생각해 봐. 괴물이 조금 나와서 빨리 죽으면 어떻게 되겠어?"

"음, 게임도 빨리 끝나겠네요."

괴물을 잘 처리하는 것보다 처리하는 타이밍이 중요하다는 게 현의 설명이었다. 너무 빨리 잡으면 게임이 일찍 끝나 버리고 너무 늦으면 사람이 죽을 수 있으니까, 딱 적당한 시점에 마지막 괴물을 잡아야 한다는 거였다. 거기까지 말한 현은 검지로 전자 종이의 아래쪽을 짚었다.

"잘 보면 괴물이 한꺼번에 나오지 않고 간격을 두고 나오게 돼 있지? 이것도 시간을 정확히 맞추려고 설정해 둔 거야."

"한 마리만 나오게 한 다음 안 잡고 내버려 두면…… 그것도 안 되겠죠?"

"어려워. 나오자마자 바로바로 가서 잡는 게 나아."

괴물은 막 튀어나온 직후에는 느리고 약하지만 시간이 흐를수록 점점 강해졌다. 게임 시간이 길어져도 마찬가지였다. 여섯 마리는 충분한 휴식과 현실적인 위험 사이에서 균형을 잡은 수일 터였다.

"그러면, 0마리로 설정하면 어떻게 돼요? 이러면 게임 끝내기도 안 되는 건가?"

"강제 종료 말고는 방법이 없다고 봐야지. 강제 종료도 위험하니까, 사실상 선택지가 없는 거고."

"종료 기능을 추가해도 되잖아요."

"봐서 알겠지만, 이 사람 저 사람이 마구 관리하다 보니 코드가 엄청 복잡하거든. 나도 해 보려 그랬는데 이상한 곳에서 계속 충돌이 생기더라. 선배들도 아마 그래서 추가하지 않았을걸. 포트폴리오에 쓸 수도 없고."

"포트폴리오요?"

"연구 실적 만들기도 바쁜데 버그를 고치는 건 시간 낭비라는 거지."

하긴 그랬다. 게임에서 실컷 놀다가, 중후반에만 잠깐 마법 소녀 일을 하면 해결되는 문제에 굳이 현실 시간을 쓸 필요가 없었다. 이력서에도 쓰지 못할 고생을 하기보다는 가상 공간 알고리즘을 개발하는 편이 훨씬 합리적이니까. 그런데 생명이 걸린 일에 낭비 같은 단어를 붙여도 되는 걸까.

누가 정말로 목숨을 잃었다면 확실히 말할 수 있었겠지만 가능성만을 두고 따지기에는 어려웠다. 지금까지 사고가 난 적이 없으니까, 정말로 괜찮은 것 같기도 했다. 서아는 할 말을 찾지 못한 채 눈을 깜빡이고만 있었다.

이윽고 현이 묘한 표정으로 덧붙였다.

"어쨌든 괴물을 처리하는 법은 배워 두는 게 좋아. 무슨 일이 벌어질지 모르니까."

서아는 무슨 일, 이라는 단어를 따라 발음해 보았고 현의 표정도 기억에 담았다. 가늘게 뜬 눈에 담긴 건 나쁜 기억일까, 아니면 두려움이나 양심이나 도의 같은 걸까. 둘 다일 거라고는 생각했지만 어디에 더 큰 비중이 실려 있을지는 알기 어려웠다. 현은 이 일을 몇 년 동안 해 왔으니 그만큼의 고민을 모아 두었으리라 생각할 뿐이었다.

게임 서버에 접속하면서, 서아는 그때 들은 말을 다시금 되새겼다. 마법소녀의 일. 게임 종료 기능을 만드는 것보다는 쉬운 일. 그러나 여전히 사람의 목숨이 걸린 일. 서아는 그 일을 하러 가고 있었다.

× × ×

현은 학생들을 접속시키기 전에 서아에게 보안 수칙을 다시 한번 읊어 주었다. 지난 2주 내내 외운 내용이었다. 학생들과는 되도록 마주치지 말라는 것. 만약 대화하게 되더라도, 말투나 얼굴을 기억에 담지 말라는 것. 어차피 접속할 때 외관을 바꾸게 되어 있는 데다가 일반 접속자는 관리자 얼굴을 확인할 수 없게끔 설정되어 있다는 것.

그리고 현실에서 만나자는 말을 들으면 현을 부르라는 것.

× × ×

검은 반구 위에 헬리콥터 날개를 붙인 드론들이 줄지어 날아갔다. 학생 무리 중 하나가 앞으로 나서서 총을 꺼내 들었다. 총기는 우주를 배경으로 한 게임에 나올 것처럼 겉모습이 과장되어 있었다. 조준을 마치자마자 보랏빛 광선이 직선으로 뻗어나가며 드론 한 마리를 관통했다. 금속 구체는 타는 냄새도, 폭음도 없이 터지면서 허공에 꽃잎을 흩뿌렸다.

방아쇠를 다섯 번 당겨 드론 다섯을 잇달아 명중시키자 사방이 분홍색이었다. 총을 든 학생은 능숙한 자세로 돌아서서 다른 학생들을 바라보았고, 자신의 머리를 향해 총구를 겨눴다. 여섯 번째. 이제 학생의 머리는 수국 다발처럼 작은 꽃들이 둥글게 모인 덩어리였다. 덩어리가 사방으로 흩날리면서 어깨 위가 텅 비더니 새로운 머리가 쑥 솟아났다. 왁자지껄한 웃음소리에 꽃잎이 휘날렸다.

사람 좋아 보이는 아저씨가 멀리에서 그 모습을 보며 미소

지었다. 교직원은 아니다. 여기에는 교직원도 교수도 없다. 코드에 얽힌 그래픽 뭉치만이 있을 뿐이다. 카페테리아의 NPC들은 빙긋빙긋 웃으며 샌드위치를 건네주고 옥상 위에는 아무 역할도 없는 NPC가 장식품처럼 앉아 있다. 이들은 어딘가 먼 휴양지에서 오려 붙인 사람 같아서, 때때로 이질감이 느껴지기까지 한다.

서아는 별구름에 앉아 그 장면을 가만히 지켜보았다. 현과 떨어져서, 혼자 다니는 동안 본 것들은 모두 이런 식이었다. 괴물에게 잡아먹히지만 않으면 죽을 일이 없으니까, 어떤 죽음은 도리어 놀이가 됐다. 머리를 꽃다발로 바꿔서 터뜨리는 학생이 있는가 하면 가장 높은 건물에 올라가서 뛰어내리는 학생도 있었다.

호수 밑바닥에 가만히 누워서 아무것도 하지 않는 학생. 건물 유리창을 모두 부수고 다니는 학생. 파스텔 톤의 악몽에서 떼어 온 것 같지만, 꼭 악몽이라고 하지는 못할 순간들. 불 붙은 나무는 너울거리는 사파이어 같고 깨진 유리창은 설탕 조각이라서 달콤한 맛이 난다.

서아의 주머니에도 유리 조각이 담겨 있었다. 학생들이 파편을 주워 가는 모습을 보고, 덩달아 챙긴 것이었다. 서아는 그걸 꺼내서 햇살에 이리저리 비추어 보았다. 방향에 따라 빛이 여러 겹으로 갈라지며 다른 색채를 보였다. 보라색이 가장 짙어졌을 때 한 입을 베어 물자 포도 향이 입 안 가득 퍼졌다. 주황색은 오렌지. 노란색은 레몬. 파란색은 소다.

— 11시부터야. 예비 접속은 10시 50분부터고. 이번엔 연습이 아니라 본 게임이니까, 지금까지랑은 많이 다를 거야.

— 더 어렵나요?

— 아니, 직접 보면 알아. 좋은 쪽이니까 기대해도 돼.

서아는 유리 조각을 천천히 씹어 삼키면서 현의 말을 곱씹었다. 좋은 쪽이라는 게 이런 뜻이었구나, 하고. 괴물 잡는 연습만 할 때는 과일 맛이 나는 유리도, 재로 변하지 않고 타오르기만 하는 나무도 상상한 적이 없었다.

상상이라……. 어떤 사람들이 이런 걸 만들었을지 갑자기 궁금해졌다. 별로 낭만적이지 않은 추측이 먼저 떠올랐다. 빛에 따라 맛이 변하는 유리는 빛 입자 알고리즘을 테스트할 용도가 아니었을까. 닿는 걸 꽃으로 바꾸는 레이저건은 특수 효과 구현을 연습한 것일 테고.

잠깐만, 여기에서까지 이런 생각을 할 필요는 없잖아. 서아는 고개를 설레설레 흔들어 포트폴리오에나 적힐 법한 문장들을 떨쳐 냈다. 그러자 시야가 흔들리면서…….

"엇!"

아니, 흔들리는 게 아니라 떨어지고 있었다. 바로 옆에 꽃잎이 너풀거리는 걸 보니 어떤 상황인지 알 것 같았다. 드론을 쏘고 놀던 학생들이 별구름까지 쏜 것이다. 서아는 당황하지 않고 허공을 향해 걸음을 내딛었다. 떨어지기 직전에 작은 구름 한 쌍이 가볍게 발을 받쳐 주었다. 괴물을 상대하면서 별구름 쓰는 법을 연습해 둔 보람이 있었다.

서아는 별구름의 고도를 낮추어 땅으로 내려온 뒤 학생들 앞에 가서 섰다. 되도록이면 학생과는 마주치지 말라는 말을 듣긴 했지만, 그렇다고 해서 휙 날아가는 것도 예의가 아닌 듯했다. 모두 넷이었는데 총을 든 남학생이 맨 앞에 나와 있었다.

"방해해서 미안. 계속 불렀는데 안 들리는 거 같아서. 오랜만이라 인사하고 싶었어. 혹시 졸업했는지, 검은 쪽한테 몇 번 물어보긴 했는데 대답을 못 들었거든."

오랜만이라니, 이게 대체 무슨 소리일까. 눈을 깜박이던 서아는 어색한 침묵이 조금 더 흐른 뒤에야 상황을 깨달았다. 자신이 현에게 관리자 일을 배운 것처럼, 네 번째 관리자도 현을 가르쳤을 터였다. 그 선배가 쓰던 게 바로 하얀색 마녀 복장이었던 모양이었다. 검은 쪽이라는 건 현이겠지.

"그……, 저는 다른 사람이에요. 연습한 지는 2주밖에 안 됐고 진짜 게임에 접속하는 건 이번이 처음이거든요. 저번 관리자님은…… 전 잘 모르는데, 아마 졸업하셨을 거예요."

"그래?"

남학생은 멋쩍은 듯 머리를 긁적였다.

"하긴 그렇겠네. 마지막으로 본 게 작년 말이었거든. 그때 이미 6학년이었나 7학년이었던 걸로 아는데……. 반가워서 그 생각도 못 했네. 검은 쪽은 말도 안 들어 주고 재미없거든. 넌 모르겠지만 예전에는 의견도 많이 받았어. 이 총도 그때 추가된 거고."

서아는 뜻밖의 이야기에 눈을 휘둥그레 떴다. 현에게서 들은 당부와는 완전히 달랐다.

"진짜요? 관리자님은, 그러니까 검정 복장 입으신 분은…… 학생들이랑은 되도록이면 말하지 말라고 그랬는데요. 아예 마주치지도 말라고요."

"너도 잘 모르는구나. 우리도 잘 모르긴 하지만, 음, 문제가 생겼던 것 같긴 해. 작년 말에 1주 정도, 게임이 갑자기 안 열린 적이 있었어. 그다음부터는 본래 관리자님이 보이지 않았고. 그래서 걱정한 건데."

8

세상에. 처음 듣는 이야기에 소름이 돋았다. 정확한 사정은 모르겠지만, 현 입장에서는 보안 걱정을 할 수밖에 없었던 것이다. 서아는 자신도 빨리 도망쳐야 하는 게 아닌가 고민하다가 자세히 물어보기로 했다. 적어도 이 학생들은 무슨 문제를 일으킬 것 같지는 않았다.

"작년까지는 관리자님이 두 분 계셨던 거죠? 지금 계시는 분이랑, 그 선배님이랑."

"아니, 셋. 회색도 따로 있었어. 그런데 갑자기 하얀색이랑 회색이 안 보이더라고. 소식이 없길래 걱정 많이 했어. 들켜서 징계라도 받았나, 하고. 하긴 징계를 받았다 쳐도 우리가 알 수 있는 일은 아니지. 알잖아, 교내 커뮤니티에서 15년 전 사건 이야기 꺼내면 바로 정지 먹는 거.”

남학생이 말을 마치자마자 뒤편에 서 있던 학생들 중 하나가 끼어들었다.

“내가 아는 애들 중에는 농담으로 몇 줄 적었다가 벌점 왕창 받은 애도 있어.”

“벌점도 받아요? 그냥 글이 지워지는 게 아니라요?”

서아는 반사적으로 물었다가 곧바로 후회했다. 이런 걸 궁금해할 때가 아닌데. 하지만 커뮤니티 사이트에 글을 올렸다가 벌점을 받았다니, 아무리 생각해 봐도 과한 것 같았다. 학교의 벌점은 보통 기물 파손비나 시설 이용료라는 이름을 달고 나타났다. 화단을 망가뜨리면 기물 파손이고, 강당에서 시끄럽게 놀았다가는 시설 이용이 되는 식으로. 비용은 모두 학비에 더해졌기 때문에, 그런 게 쌓여서 ‘비싸진’ 아이들은 회사에서 잘 데려가려 하지 않았다.

“응.”

“얼마인데요?”

“보통 회사원 월급 절반은 된다던데.”

“그렇게나 비싸요?”

이번에는 뒤에 있는 애들이 아니라 남학생이 말을 받았다.

“너 아직 모르는구나. 잘못 떠들면 소송까지 들어올 거 몇

개 더 있어. 그 사건 말고도, 이 게임과 상관없는 것들 중에도 많아. 특히 연구동에서나 회사끼리 분쟁 생긴 것들. 교수님들이랑 얘기하다 보면 자연스레 알게 되긴 하는데, 다들 말은 안 하지. 적어도 기록이 남는 곳에서는 안 해. 현실에서 말하는 것도 위험하고."

그러더니 갑자기 질문이 이어졌다.

"몇 학년이야? 2학년?"

"이거는… 이야기하면 안 될 거 같아요."

"참, 그렇지. 미안." 남학생은 뒤편을 돌아보고는 물었다. "근데 벌점 먹은 거, 나도 아는 애야?"

"저번에 세강 넣은 애. 세강 바이오사이언스. 어제 계약서까지 썼다던데."

"아, 걔. 걔가 거길 붙었어?"

"조건부래. 특약 내용은 공개 불가고."

"아무튼 됐다는 거 아냐."

"그렇지."

서아는 짧은 대화에서 익숙한 분위기를 읽었다. 떠난 학생들을 입에 담을 때면 다들 그런 표정으로, 그런 말투로 말했다. 부러워하고 깔보고 한편으로는 두려워하면서. 그래서 이름조차 모르는 선배의 소식마저 서아에게는 바로 옆 사람의 일처럼 들렸다.

"아무튼 걔는 후원사 계약해서 괜찮을 거야. 걱정은 내가 해야 하는 건데."

남학생은 괜히 크게 웃었고, 서아는 내심 안도하는 동시에 겁을 먹었다. 정말로 이런 일에 위안을 받을 때가 아니었다. 게시판에 글만 써도 벌점을 잔뜩 받는데 서버 운영을 들키면 어떻게 되는 걸까. 하얀색이랑 회색 마녀 복장은 지금 어디에 있는 걸까. 게시글이 사라지듯이 사람도 사라질 수 있는 걸까.

문득 연구실 책상의 유리 장식장과 그 안의 사진이 떠올랐다. 사진은 네 명을 담고 있었다. 하율과 현, 그리고 자신은 모르는 학생 둘. 중앙로를 따라 내려오는 동안 현이 한 말도 생각났다. 작년에는 연구실에 도진이라는 학생이 있었는데, 현과 싸운 다음 연구실을 옮겼다고 했다.

연구실에는 도진 말고도 한 명이 더 있었던 건가. 싸운 사람은 누구고 사라진 사람은 누구지. 학교에 들켜서 그런 건가. 그러면 현은 어떻게 빠져나왔지. 대충 넘어갈 일이 아니라는 계산이 섰다.

"저 그러면 가 볼게요. 확인할 게 있어서요."

서아는 학생들을 땅에 남긴 채 훌쩍 허공으로 뛰어올랐고, 광선총의 빛줄기가 닿지 않을 만큼 높이 올라가서 홀로그램 창을 열었다. 현과 이어지는 음성 채널이 따로 열려 있었다. 괴물이 나타나기까지 남은 시간은 가상 공간 기준으로 30분.

[선배님, 궁금한 게 있는데요]

서아는 마이크 모양의 빛 덩어리에 대고 말했다. 그러자 이어폰이라도 꽂은 것처럼 현의 목소리가 양쪽 귀에서 울렸다.

[궁금한 거?]

[어쩌다 보니 여기 접속한 학생들이랑 이야기하게 됐는데요, 작년에는 관리자가 두 분 더 계셨다고 들었거든요. 하얀 복장 쓰시던 분이랑, 회색 분요. 갑자기 이런 질문 하게 돼서 죄송한데…… 두 분은 어떻게 됐는지 여쭤보고 싶어서요. 갑자기, 한꺼번에 안 보이게 됐다고 해서.]

짧은 침묵을 사이에 두고는 대답이 돌아왔다.

[사고가 났었어.]

[사고요?]

[하얀 복장 쓰시던 분이, 돌아가셨어. 다른 애랑 싸운 이유도 그것 때문이고.]

그 말을 끝으로 정적이 음성 채널을 뒤덮었다. 더 말하고 싶지 않은 듯했다. 서아는 멈춘 듯이 앉아서, 여러 단서를 짜 맞춰 보았다. 작년에는 연구실에 현과, 현의 친구와, 둘의 선배가 있었을 것이다. 선배는 아마도 게임에서 죽었을 것이다. 그 죽음이야 어떻게든 덮고 넘어갔을지라도, 남은 둘은 분명히 싸웠을 것이다. 게임을 계속 운영해도 되느냐, 선배를 그만 잊어버려도 되느냐 하는 문제로.

거기까지는 확실했지만 의문이 남았다. 당장 몇 달 전에는 관리자들이 학생이랑 곧잘 이야기했던 것 같은데, 현은 왜 규칙을 바꿨을까. 괴물에게 잡아먹히는 것과 보안 수칙은 관련이 없을 텐데.

보안 수칙의 내용. 학생들과는 되도록 마주치지 말 것. 만약 대화를 나누게 되더라도 말투나 얼굴을 기억에 담지 말 것. 어차피 대부분은 접속할 때 외관을 바꾸는 데다가 일반 접속자는 관리자의 얼굴을 확인할 수 없게 설정되어 있다는 것.

그리고 현실에서 만나자는 말을 들으면 현을 부르라는 것.

무시하고 지나치는 게 아니라, 현을 불러야 하는 이유는 뭘까. 거기에도 무슨 의미가 숨어 있을까.

물어보고 싶었지만 엄두가 나지 않았다. 물건을 사려면 돈을 모아야 하는 것처럼 질문에도 저축이 필요했다. 관심이라거나, 믿음이라거나, 시간 같은 비용이 있기 때문이다. 무거운 질문을 한꺼번에 쏟아 낼 수는 없다. 어떤 의문을 넘어 다음 질문으로 나아가기 위해서는, 충분한 시간을 마련해야만 한다.

그게 도대체 얼마만큼일까? 열흘? 한 달? 아니면 그보다 더 오래?

순간 알람음이 머릿속에 울려 퍼지며 생각의 흐름을 끊었다. 그새 20분이 지나 있었다. 곧 괴물들이 외곽지에 나타나 마을을 향해 뛰어들 것이다. 서아는 지나간 죽음에 관해 생각하기를 미루고 별구름의 방향을 돌렸다.

9

서아는 외곽지를 향해 이동하면서 홀로그램 창을 지도로 바꿨다. 마을의 중심을 기준으로, 관리자를 의미하는 파란색 점 두 개가 서로 반대 방향으로 움직이고 있었다. 이제 둘은 게임이 끝날 때까지 외곽지에 머무르면서 괴물들을 잡을 것이다. 초록색 점들이, 보통 학생들이 안전히 쉴 수 있게끔.

지도에서 이상한 부분을 발견한 건 마을 경계를 막 넘어설 무렵이었다. 언제부터였는지 초록색 점 하나가 지도 맨 끝자락에 멈춰 있었다. 그것도 괴물이 생성되는 자리 바로 앞에.

남은 시간은 8분.

서아는 별구름의 속도를 높였다.

× × ×

지도가 끝나는 곳에서 땅도 끝났다. 잔디밭은 칼로 잘라 낸 케이크처럼 뚝 끊겼고, 그 지점부터 옅은 색조의 아지랑이가 넘실거리듯 솟았다. 빛을 곱게 갈아 섞은 스무디 같았다. 손바 닥을 가져다 대자 유리에 가까운 촉감이 느껴졌다. 힘주어 밀어 봤지만 손가락은 아지랑이의 경계 면에만 머물러 있었다. 벽은 벽인가 보다.

서아는 정면으로 시선을 옮겼다. 여학생 하나가 가만히 서 서 아지랑이를 응시하고 있었다. 키가 껑충하니 컸고 곧은 머리 카락이 어깻죽지까지 내려왔다. 통이 넓은 반소매 티셔츠와 반 바지 때문에 깡마른 팔다리가 더 도드라져 보였다. 가까이 다가 갈 때까지도 여학생은 서아를 알아채지 못하고 있었다. 남은 시 간은 3분.

"시간 거의 끝났고요, 곧 있으면 여기서 괴물도 나올 거예 요. 지금 걸어가면 위험할 테니까 일단 마을 근처까지 태워 드 릴게요."

여학생은 긴 잠에서 빠져나온 듯 눈을 깜박이며 서아를 바 라보았다. 마른 뺨에 윤곽선을 그어 놓은 듯 선명한 그늘이 져 있었다. 폭이 좁은 콧대와 가느다란 입술. 치뜨면 쌍꺼풀이 뚜

렷해지는, 커다란 눈. 한숨을 내쉬듯, 또는 원망하듯, 아, 하는 목소리. 그리고 갑자기 표정이 텅 비었다.

"선배님?" 서아는 불안감 속에서 다시 불렀다. "곧 있으면 시간 끝나요. 여기 있으면 안 돼요."

"왜 이제 온 거야?"

"네? 다른 관리자님은 10분 전에 출발하면 된다고 하셨는데요."

"지금까지 어디 있었어?"

"여기저기요. 그런데 그게 중요한 것 같진 않은데……."

문득 서아는 여학생이 자신에게 말하고 있지 않다는 사실을 깨닫고는 말끝을 흐렸다. 이 사람이 보고 있는 건 신입 관리자가 아니라 몇 달 전에 죽어서 게임에서도 사라진 사람인 것이다. 다양하게 얄궂은 생각이 머릿속을 뒤덮었다. 네 번째 관리자는 어떤 사람이었을까, 하는 궁금증. 비애와 상실의 감각. 그리고 어쨌든 간에, 이 학생이 죽으면 안 된다는 현실감.

이제 현실감을 뒷받침하는 건 생명의 무게가 아니라, 사람을 살리는 온정이나 거기에 담긴 낭만이 아니라, 서아 자신의 미래였다. 돈과 계약서로 이루어진 미래. 첫날에 바로 사람이 죽으면 안 된다. 저번 관리자야 잘 넘어갔다지만 이번엔 어떻게 될지 모르고, 현과 하율 교수님도 곤란해질 테고, 연구실이 날아가면 내 학자금도…….

서아는 확 정신을 차렸다. 남은 시간은 1분.

"오해하시는 것 같은데, 전 그분 아니에요. 다른 사람이에요. 나중에 이야기해요."

딱 잘라 말한 서아는 융단 크기의 별구름을 만든 다음 여학생을 실타래로 감아 던져 놓았다. 당황했던 게 연기처럼 느껴질 만큼 사무적이고 깔끔한 동작이었다. 이게 바로 돈의 힘일까. 떠나간 사람을 그리워하는 순간을 앞에 두고 빚 걱정이나 하는 자신이 한심했지만, 한심하면 또 어쩌겠나 싶었다.

이런 학교에서 좋은 마음만 지닌다면 그것도 이상한 일이었다. 서아의 심장에는 항상 돈을 앞세우는 마음과 그 바깥을 꿈꾸는 마음이 함께 붙어 굴러다녔고, 만약 둘 중 하나를 없애야 한다면 꿈이 먼저 사라질 터였다. 그래서 서아가 느끼는 최선은 꿈을 포기하지 않고 간직하는 게 됐다. 그게 현실과 부딪히고 자신의 마음과 부딪힐지라도, 가끔은 그런 생각이 모두 가짜처럼 느껴질지라도, 계속.

여유가 생기면 꿈 한 조각을 꺼내 볼 수 있도록.

0분.

하지만 지금은 여유가 없었다.

숨을 한 차례 들이마시고 내뱉는 찰나에 세계가 변했다. 서아는 여학생을 실은 별구름을 하늘 높이 띄워 올렸고, 뒤로 물러났다. 쨍그랑 소리와 함께 아지랑이가 깨져 나갔다. 경계 없이 뒤섞이던 색채들은 예리한 절단면에 갇히고, 파편은 서아를 통과해 멀리 날아가다가 그만 사라지고 만다. 그 너머에 있는 것은 밝고 이상한 어둠.

저 아래에서 무언가 기어 올라올 통로를 만들어 주려는 듯, 지대가 가장자리부터 점점 낮아지면서 경사를 놓았다. 이윽고 땅의 끄트머리가 가상 공간 접속 화면에서 보았던 것과 같은 초록색 문자들로 변하며 허물어졌다. 별구름을 새로 만들어 올라탄 서아는 약간 높은 곳에서 하늘을 올려다보았다. 햇살이 여전히 화사했다…….

그 햇살 아래로, 어둠과 문자의 경사면이 불쑥 솟아 올라왔다.

× × ×

괴물은 탑처럼 길쭉하고 높은 형태였다. CCTV의 분절된 화면처럼, 하나의 눈 안에 눈동자 네 개가 들어 있었다. 몸의 양 옆이 날개처럼 펼쳐지며 가까이 다가온 사람을 떨쳐 내거나 가두는 게 특징인 놈이었다.

괴물을 상대하는 건 차라리 쉬웠다. 지난 2주간 날마다 해온 일이니까. 서아는 놈의 방해를 피해 가면서 눈앞까지 바짝 다가갔다. 한 점을 향해, 서아를 향해 모여들다가 보이지 않는 경계선에서 막혀 버리는 눈동자들은 막 분화 중인 세포처럼 보였다. 실타래로 만든 창을 정중앙에 꽂아 넣자 거대하고 새카만 덩어리가 몸을 뒤틀면서 안개로 변했고, 빠르게 흩어져 사라졌다.

그때까지도 여학생을 태운 별구름은 통신 신호를 받지 못한 드론처럼 하늘 멀리에 멈춰 있었다. 바닥으로 돌아온 서아는 팔을 높이 들어 올려 손을 까닥였다. 별구름이 천천히 하강하다가 서아의 앞에서 멈췄다. 어쩔 수 없는 상황이었지만 포로처럼 꽁꽁 묶인 모습을 보니 갑자기 미안해졌다. 서아는 다음 괴물이 나타날 때까지 30분쯤이 남은 걸 확인하고는 실타래를 풀어 주었다.

"갑자기 올려 보내서 죄송해요. 그런데 진짜 위험해서요."

여학생은 믿을 수 없다는 듯이, 또는 믿고 싶지 않다는 듯이 서아를 바라보았다.

"넌…… 누구야?"

"이번에 새로 관리자가 됐어요. 저번에 하얀색 복장 쓰시던 분이랑은 전혀 모르는 사이고요. 그분은 아마……" 서아는 적당한 말을 찾다가 그만 얼버무리고 말았다. "졸업하셨을 거예요."

"나랑 약속했는데. 분명히 약속했어."

여학생은 뭐라고 더 말하려는 듯싶더니 입을 꾹 다물었다. 낱말을 삼키려는 것처럼 아랫입술이 질끈 깨물렸지만 울지는 않았다. 소리를 지르지도 않았고 얼굴을 붉게 물들이지도 않았다. 가슴팍이 일정한 간격을 두고 올라갔다 내려갔다 하면서, 숨결과 박동의 형태를 그릴 뿐이었다.

서아는 고개를 살짝 돌려 시선을 피했다. 남학생 무리를 만났을 때와는 다른 의미에서 당황스러웠다. 무슨 약속을 했는지 물었다가는 정말로 일이 꼬일 것 같았다. 각각의 죽음과 약속과 기다림에는 마음 아픈 사연이 있겠지만, 거기에 대해서는 얼마든지 추모할 수 있지만, 복잡한 사정 속으로 걸어 들어가고 싶지는 않았다. 그것이 본래 자신의 몫이 아니었다면 말할 나위도 없다.

"음, 전 진짜 몰라요. 거짓말 아녜요. 그리고 곧 있으면 다음 괴물 나오니까 마을로 돌아가시는 편이 좋을 것 같아요. 태워 드릴게요."

여학생은 서아를 빤히 바라보다가 입을 열었다.

"내일 보자."

"네?"

"거기로 갈게. 낮에."

이 사람이 생각하는 거기, 가 도대체 어디일까. 보안 수칙의 마지막 문장이 떠오르더니 이제는 정말로 현을 불러야 할 때라는 계산이 섰다. 보안 수칙의 진짜 뜻을 이렇게나 일찍 배우게 되다니, 기분이 묘했다. 황금 트로피의 도금이 벗겨지면서 그 아래의 플라스틱을 보게 된 느낌이라고나 할까.

서아는 음성 채널을 열었다.

[선배님, 계세요? 그쪽도 처리하셨죠?]

[응, 무슨 일이야?]

[어떤 사람이 내일 보자고 해서요. 거기가 어디인지는 모르겠지만, 낮에 거기로 간다고 그러시네요. 머리가 길고 키가 큰 분이에요. 말랐고요. 저번 관리자님이랑 무슨 약속을 했다던데.]

[나랑 방향을 바꾸자. 갈 때까지 그대로 있어. 이야기는 더 하지 말고.]

10

기다리는 동안, 여학생은 아무 말도 더 꺼내지 않았다. 서아도 적당한 낱말을 찾지 못한 건 마찬가지였다. 오랜 기다림 끝에 검은 마녀가 보이지 않는 계단을 밟듯 허공에서 천천히 걸어 내려왔다. 속도를 잔뜩 높였는지 머리칼이 헝클어져 있었다. 가상 공간의 폴리곤일 뿐이겠지만.

여학생의 얼굴을 보자마자 현의 표정이 심각해졌다.

"들은 이야기 또 있어?"

"아뇨, 그 뒤로 서로 말 안 했어요. 죄송해요."

"네가 미안할 일이 뭐 있어. 여기는 내가 잘해 볼 테니까, 일단 반대편으로 가. 늦겠다."

"그러면 이분은……."

"내일 설명해 줄게. 메신저나 통화로는 안 돼."

현은 서두르라는 듯 서아의 어깨를 두드렸다. 그 가벼운 손짓이 서아에게는 문이 바로 코앞에서 닫히는 순간만큼이나 의미심장하게 느껴졌다. 이 문제는 여기서 끝난 것이다. 하지만 별구름에 올라타 마을 위를 가로지르는 동안에도, 괴물들을 모두 처리하고 세션 만료 화면을 눈앞에 두었을 때에도, 접속을 해제한 뒤에도, 생각은 끝나지 않았다.

현은 왜 나한테 하얀 마녀 복장을, 죽은 선배가 입었던 복장을 주었을까. 아까 전의 여학생은 그 선배와 무슨 약속을 했던 걸까. 그런데 사람이 죽었는데 왜 모르고 있었지. 학교에서 덮은 걸까, 아니면 의심할 구석이 없어서 그냥 지나간 걸까. 애초에 왜 의료 센터에 안 갔지? 일찍 갔으면 살 수 있었을 텐데? 게임을 들키면 안 돼서?

서아는 한동안 현과의 메시지 내역을 살피다가 태블릿을 끄고 내려놓았다. 빛이 사라지면서 방이 어둠 속에 잠겼다. 완전히 길을 잃은 기분이었다. 서아는 자신을 감싼 그늘마저도 어제까지의 그늘이 아니라고 느꼈지만, 그래서 어떻게 해야 할지는 알 수가 없었다. 침대 끝이 빛나는 글자들로 변한다면, 괴물이 튀쳐 나온다면, 소리를 지르면서 도망가기라도 할 텐데.

손바닥으로 벽을 밀어 보았다. 지도 끄트머리에서 아지랑이를 만졌을 때와 비슷하지만 조금 더 단단한 느낌이었다. 그게 몸뿐만 아니라 마음에까지 턱 얹혔다. 여기에서는 아지랑이가 한순간에 깨져 나가지도 않고 머리가 꽃으로 변하면서 터지지도 않는다. 철근과 콘크리트가 있고 화려할 것도 없이 사라지는 죽음이 있을 뿐이다…….

그 견고하고 당연한 사실은 서버를 끄면 바로 허물어지는 꿈보다 더 악몽 같았다. 한 시간쯤 뒤척이다 태블릿을 꺼내 검색창을 여는 일이 반복됐다. 학교에서 죽은 사람들에 관한 뉴스는 대체로 짧았고 별 내용이 없었다. 연구동의 고압 산소실에서 불이 났다거나, 학생 한 명이 화재에 휘말렸다거나 하는 이야기 사이에서 네 번째 관리자를 찾아내기는 어려웠다. 애초에 기사로 올라오기나 했을까.

생각을 이어 가다 보니 자신이 다른 죽음에 관해서도 전혀 몰랐다는 사실이 낯설어졌다. 신입생이 연구동 소식을 들을 방법은 마땅치 않지만, 그래도, 죽음이 이토록 쉽게 지나칠 수 있는 거였다니. 서아는 검색 결과에 잡히는 기사들을 읽다가, 멈췄다가, 또 읽었다. 그러다가 어느 순간 유가족에게는 유예된 학비가 청구되지 않는다는 문장을 마주쳤을 때는, 정말로 텅 빈 기분이 들었다.

사고사와 게임에서의 죽음. 금세 잊힌 목숨들과 15년이 지난 지금까지도 기억되는 목숨들. 도대체 무슨 차이가 있길래. 그런 어구들이 엮을 끈이 없는 구슬처럼 머릿속을 굴러다니다가 한순간에 멈췄다. 새벽 6시쯤이었을 것이다. 암전.

× × ×

일어나니 12시였다. 금요일 아침 강의는 10시부터니까 지금 접속하더라도 늦은 셈이었다. 서아는 차라리 잘됐다고 생각하면서 옷을 갈아입고 가방에 태블릿 하나만 챙긴 다음 밖으로 달려 나갔다. 자는 동안 정리가 되긴 했는지 마음이 이상하게도 차분했다.

해가 하늘 꼭대기에서 밝게 빛났고 이곳저곳에서 학생 소리가 왁자지껄하게 울렸다. 걷거나 달리거나 멈춰 있는 학생들. 서아는 자신도 그들 중 하나처럼 보일 것이라고 생각하면서, 그랬으면 좋겠다고 생각하면서 중앙로를 따라 걸었다. 무슨 생각을 하는지 들키고 싶지 않았다. 그게 위험하거나 거창해서가 아니라, 너무 사소하고 하찮아서 그랬다.

사고로 죽은 연구실 학생들이야 안타깝지만 거기에 대한 고민은 저학년생의 몫이 아니었다. 그러니까 이 고민도 결국엔 흐지부지 끝날 거였다. 애당초 나쁜 일이 있었다고 확신할 만한 증거도 없는데. 공백으로 남은 질문들을 다 채우면 의외로 별것 아닌 내막이 나타날지도 몰랐다.

서아는 자신이 너무 예민해졌다는 쪽에 걸기로 했다. 네 번째 관리자의 죽음은 그냥 사고였을 거라고. 연구동의 여러 사고가 거의 알려지지 않은 것처럼 그것도 그랬을 뿐이라고. 여학생이 말한 약속에도 너무 의미를 부여할 필요가 없을 거라고. 한 사람의 세상을 떠받치는 관계조차도 멀찍이에서 보면 사소할 뿐이니까. 그런 사소함은 개개인에게는 비극이겠지만 모두가 다 함께 살아가는 세상에서는 어쩔 수 없는 일이라고 생각했다.

최소한, 하율과 현이 나쁜 마음으로 게임을 운영하지는 않을 터였다.

× × ×

304호로 접어드는 복도에서, 키가 크고 손가락 뼈마디가 두드러진 학생이 고개를 수그린 채 서 있었다. 마른 몸과 이목구비는 골격만 잡아 놓은 점토 조각상을 연상시켰다. 반쯤 감긴 눈과 가느다란 입술. 기다란 머리카락. 7학년 브로치. 서아는 누구인지 알 것 같다고 생각하면서 조용히 지나쳤다.

연구실에 있는 사람은 현뿐이었다.

"안녕하세요, 선배님."

현이 고개를 돌려 서아를 바라보았다. 표정이 평소와 똑같았다.

"오늘 아침 강의 있었잖아. 끝나자마자 바로 온 거야?"

"그게 아니라, 사실 늦잠을 잤거든요. 그래서 빼먹었다 치기로 했어요. 여쭤볼 것도 많고요."

"어제 그거 말하는 거지?"

"네. 그리고……" 서아는 잠시 머뭇거렸다. "손님이 오셨어요."

"지금? 교수님은 저녁쯤에나 오실 텐데. 연구실 후원사하고 미팅이 있으시거든. 덱스컴사(社) 말이야."

현은 조만간 첫 번째 관리자가 학교에 올지 모른다고 덧붙였다. 지금은 졸업해서 덱스컴 선임 연구원으로 일하고 있는데, 졸업자 특강 강사로 초빙됐다고 했다. 특강에서는 실무 동향이나 직장 생활 이야기를 들을 수 있었기 때문에 관련 분야 학생이라면 참여하는 게 좋았다.

"한 달쯤 뒤고, 두 시간짜리 강의야. 우리 연구실 출신이니까 따로 만나 볼 수도 있어. 너도 생각 있으면 교수님한테 말씀드려 볼게."

고마운 제안이지만 이런 상황에서 듣자니 마냥 기뻐하기

가 어려웠다. 서아는 자신이 꽤나 묘한 표정을 짓고 있으리라 생각하면서 대답했다.

"음, 네. 그래 주시면 고맙죠. 그런데 손님분은……."

"나중에 오시라고 하면 되지. 내가 말하고 올게."

"어제 게임에서 만난 선배님 있잖아요. 그분이 직접 오신 것 같아서요."

"아."

현의 미간이 좁아졌다.

"기다리고 있어."

문이 열렸다가 닫히고 서아만 남았다. 철문 너머로 울리는 목소리와 발소리가 점점 작아지다가 사라졌다. 상대를 데리고 자리를 옮긴 모양이었다. 그제야 서아는 곁눈질로 장식장을 힐끔거렸다. 직육면체 장식장은 위아래로 두 칸이 나뉘어 있었다. 아래 칸에 있는 것은 자그마한 수첩. 위 칸에 있는 것은 하율과, 현과, 학생 둘이 함께 찍은 사진.

조금 더 자세히 살펴보기 위해 책상에 몸을 바짝 붙이고 섰다. 브로치 덕분에 누가 몇 학년인지는 쉽게 알아볼 수 있었다. 뒤쪽 줄에서, 하율 곁에 서 있는 사람은 올해로 7학년이 되었을 것이다. 앞머리까지 뒤로 넘겨서 질끈 묶은 머리칼. 테가 얇은 안경. 얼굴만 떼어 내 연구용 가운에 합성하더라도 전혀 이상하지 않을 매무새였다. 응용 수학에는 시험복이 필요 없다지만.

앞줄에 선 학생 둘은 뒤쪽의 얼굴을 가리지 않게끔 상체를 수그리고 있었다. 이때는 현의 눈가에 흉터가 없고 표정도 활기가 넘쳤다. 웃음소리까지 찍힌 느낌이라고나 할까. 그 옆에 선 사람은 위로 올라간 눈매가 날카로운 인상을 주는 여자애였다. 목덜미까지 닿는 머리카락이 안쪽으로 살짝 말려 있었다. 도진이겠지.

결국 이 사진에는 남은 사람 둘과 떠나간 사람 둘이 있는 셈이었다. 그 사실이 조금은 마음이 아팠고 조금은 위안이 됐다. 현과 하율이 사진을 남겨 두고 다른 둘을 그리워하는 건, 죽음이 그냥 사고였다는 증거일 것이다. 부끄러워할 것도 숨길 것도 의심할 것도 없이, 순수한 마음으로 애도할 수 있는 비극은 홀가분한 느낌을 준다. 못된 말일지도 모르겠지만 일단은 그렇다.

서아는 눈을 감고 자신을 여러 개로 나누어 봤다. 쓸모를 찾아서, 후원사 걱정을 할 필요가 없어져서 안심하는 자신이 있었다. 돈 이외의 것을 꿈꾸는 낭만에 만족감을 느끼는 자신도 있었다. 그리고 마지막으로는, 아무 사건에도 휘말리지 않기만을 비는 자신이 있었다. 몰래 사설 서버를 운영하는 용기와 기자들 앞에 설 용기는 다를 게 분명하니까.

서아는 자신이 평범하게 착하고 평범하게 비겁한 사람이라는 것을 알았고, 그런 마음속에는 평범한 용기와 욕심과 소망이 있었다. 그러니까 이제는 학교에 들키는 게 아니라면, 어떤 상황을 맞닥뜨리건 너무 놀라거나 실망하지 않을 준비를 해야 했다. 그것조차 어려운 일은 아니었다.

현이 돌아오길 기다리면서 냉장고에서 주스를 한 컵 따르고 태블릿으로 드라마도 보았다. 센스/네트사(社)가 제작한, 길어 봤자 한 편이 15분인 시트콤이었다. 주연 중 하나가 계약이 결렬돼서 다음 시즌에 하차하고, 새로운 배우가 배역을 맡는 일이 거듭된 탓에 1시즌의 섬네일과 18시즌의 섬네일이 많이 달라져 있었다. 하지만 여전히 그 드라마 시리즈다……

각각의 시즌에는 비하인드 영상도 하나씩 딸려 있었다. 등장인물은 해당 시즌에서 제일 인기가 많았던 배역의 배우와, 인터뷰 진행자와, 방청객들이었다. 진행자가 질문을 던졌다. 줄곧 단역만 맡다가 이번 시즌에서 엄청난 인기를 끄셨는데, 소감이 어떠신가요? 특별히 달라진 점을 느끼신다면?

남자 배우가 너스레를 떨어 댔다. 이거 원, 그게 제 인기는 아니죠. 제가 내일 당장 실종된다고 생각해 봐요. 오디션 보러 올 사람들이 이 스튜디오를 가득 채우고도 남을 텐데. 그러니까, 여기 있는 사람들 잘 봐 둬요. 다음 시즌 인터뷰는 저 방청

객 중 한 명이랑 하게 될 수도 있으니까. 남자가 진행자를 바라보며 웃었고 방청객들도 웃었다. 시트콤의 한 장면처럼.

문이 열린 건 웃음이 잦아들고 다음 질문이 막 시작될 무렵이었다. 서아는 볼륨을 줄이고 뒤를 돌아보았다. 현이 들어서고 있었다.

"많이 기다렸지?"

"저야 그냥 놀고 있었죠. 잘 해결되셨어요?"

"아마도."

11

현은 서아 맞은편에 앉아 설명을 시작했다. 게임에 접속하는 학생들 중에는 종종 죽고 싶어 하는 애가 있다는 거였다. 이유는 비슷비슷했다. 진로가 꼬인 것 같아서. 남은 시간을 어떻게 버텨 낼지 도통 알 수 없어서. 후원사 계약에 실패해서. 그런데 화학 약품을 들이켜기는 무섭고 칼은 아프니까, 이런 식으로 관리자들에게 요상한 부탁을 한다고 했다. 아니면 아예 괴물이 나오는 곳을 찾아다니거나.

"일부러 지도 끝에 있었다는 거죠?"

"그런 셈이지. 아까 본 선배 말고도 몇 명 더 있어. 자주는 아니지만, 우울해질 때마다 그러는 애들. 이렇게 돌려보내는 것도 일이라서 되도록 학생들하고는 대화하지 말라고 한 건데. 나야 상담사 역할도 익숙하지만 넌 아직 3학년이니까."

"그런 사람들은…… 접속을 막으면 안 되나요? 위험하잖아
요."

"함부로 계정을 막았다가는 앙심을 품을 수도 있거든. 행
정처에 게임을 일러바칠 수도 있다는 거지. 그럴 바에야 적당히
달래면서 넘어가는 편이 나아. 어차피 여길 아는 사람은 그 선
배뿐이고."

"그분도 원래 이 연구실 소속이셨어요?"

"아니, 그냥 선배 두 분이 친구였어. 입학하기 전부터 친하
게 지냈대."

복도에 서 있던 7학년생의 이름은 이선이고 저번 관리자
의 이름은 우연이었다. 작년까지는 우연이 이선을 달래 주고 가
끔은 현실에서 만나기도 했는데, 때때로 거기에 현도 끼었는데,
우연이 사라진 뒤로 관계가 복잡해졌다고 했다. 이선은 여전히
우울해했고 가끔은 우연이 여전히 살아 있는 것처럼 굴었다. 현
은 남은 사람으로서 책임을 다했지만 한편으로는 이선을 챙기
는 일에 버거움을 느꼈다.

"그래서 가끔 생각이 사라져. 널 그 방향으로 보내면 안 됐
는데. 아니, 설명이라도 미리 해 줬어야 하는 건데. 그런데 첫날
부터 그런 이야기를 하고 싶진 않아서. 미안해."

"아녜요. 전 괜찮은데…… 네, 괜찮아요. 다행이라고 생각하고요. 사실 엄청 놀랐거든요. 생각보다 별거 아니라서 다행이에요. 아니, 선배님들 일이 다행이라는 소리가 아니고요. 어떤 식으로 말해야 할지 잘 모르겠네요."

"무슨 말인지 알아."

현은 그렇게만 대답했고, 서아는 우연의 죽음에 관해서는 더 묻지 않기로 했다. 그 일이 어떻게 흐지부지 잊혔는지, 어쩌다 그런 사고가 났는지 하는 따위는 함부로 파고들 문제가 아니었다. 현은 여전히 뭔가를 숨기고 있겠지만, 앞으로도 당분간은 그렇겠지만, 굳이 서두르고 싶지 않았다.

"복장은 바꿀까요? 오해하는 사람이 많았거든요. 준비 시간에 만났던 남학생도 그렇고요."

"내 욕심이었던 것 같아."

"욕심이라뇨?"

"나도 우연 선배님 생각을 했었어. 그래서."

현은 습관처럼 흉터를 만지작거렸다. 그 표정에는 아쉬움과 슬픔과 아직은 이름을 모르는 순간들이 뒤섞여 있었기 때문에 서아는 현에 대해 생각하게 됐다. 선배나 관리자가 아니라, 그냥 현. 한때는 자신과 비슷한 3학년생이었던 사람. 그리고 그 모든 일을 겪은 다음에도, 자신이 원래 무엇이었는지를 잊지 않고 마음에 빈칸을 남긴 사람. 그래서 옥상에 선 3학년생에게 다가온 사람.

"그러면요, 그냥 계속 이 복장으로 할게요. 어차피 새로 배우기엔 시간도 걸리니까."

"그래도 괜찮겠어?"

사람을 대체품으로 써서는 안 된다지만 위안이 되는 것과 도구가 되는 것 사이에는 명확한 선이 없었다. 서아는 현이 좋았고, 현이 자신을 구해 준 만큼 자신도 현의 삶에 다가갈 수 있기를 바랐다.

"저도 익숙한 게 편한걸요. 학생들이랑은 안 만나면 되죠, 뭐."

× × ×

그 말이 무색하게도 다음 주 목요일이 되자마자 서아는 다시 이선을 만났다. 일부러는 아니었다. 준비 시간이 끝나길 기다리면서 마을 가장자리의 숲을 돌아다니는데, 산책로 중간쯤에 이선이 있었을 뿐이다. 정확히는 그 바로 옆에. 허리를 곧게 세운 채, 나무들 사이에 가만히 서 있는 이선은 깡마른 전나무처럼 보였다.

"또 만났네. 이제 세 번째인가."

이선이 먼저 인사했다.

"네, 아마요. 안녕하세요."

서아는 잠깐 고민했지만 도망치지는 않았다. 여긴 마을 안이고 준비 시간이 끝나려면 아직 많이 남았으니까 저번처럼 죽으려는 건 아닐 것이다. 사정을 알았으니 겁먹을 필요가 없다는 자신감도 있었다. 이선은 이상한 사람이 아니었고 위험한 사람도 아니었다.

"저번에는 내가 제정신이 아니었지."

생각이라도 읽은 듯 그런 말이 이어졌다. 목소리에 서늘한 웃음기가 섞여 있었다. 이선은 서아에게 바짝 다가왔지만 산책로에 올라서지는 않았다.

"현이 보내서 온 거야?"

"아뇨, 그냥……. 저는 학생들 안 만나고 피해 다니기로 했어요. 그래서 사람이 거의 없는 곳으로 온 건데."

"나도 다른 학생들이 없는 곳으로만 다녀."

그 대답은 반어법으로 쓰인 초대장처럼 들렸다. 서아는 산책로를 따라 걸음을 옮기고 이선은 낙엽과 잔가지를 밟으면서 대화를 나눴다. 나무 때문에 이선이 멀어졌다가 가까워졌다가 했다. 이선은 자신이 지난번 그 자리에서, 지도 끄트머리에서 우연과 자주 놀았다고 말했다. 그런데 갑자기 하얀색 마녀 복장이 나타나는 바람에 생각이 모두 달아나 버렸다고 했다.

"아시겠지만, 전 그 선배님은 아니에요. 연구실을 구한 지도 얼마 안 됐고요."

"현이한테 대충 들었어. 연구실 생활은 잘돼 가?"

"지금까지는 운이 좋았던 것 같아요. 분야 자체도 평소부터 준비한 쪽이랑 맞닿아 있어서 적응도 빨랐고. 앞날은 잘 모르겠지만 계속 운이 좋기를 빌어 보고 있어요."

"그렇구나. 나는 운이 나쁜 편이었어. 그걸 운이라고 부를 수 있다면 말이야."

이선의 연구 분야는 단분자 탐지인데, 생명 공학 쪽이어서 가상 공간 설계와는 연이 없다고 했다. 그래도 만약 옛날로 돌아간다면, 우연이 불렀을 때 그 연구실에 들어갔을 거라는 말이 이어졌다.

"순간의 선택이 평생을 좌우한다는 말이 그때는 무슨 뜻인지 몰랐어. 과장이라고 생각했지. 담배가 폐암의 주범이라지만 실제로 담배 때문에 암에 걸리는 사람은 아주 적은 것처럼 말이야. 또 그렇게나 대단한 선택이라면, 마주치는 순간 바로 알 수 있을 거라고도 믿었어. 내가 제대로 된 방향을 골랐는지 아닌지 의심할 필요조차 없이 분명할 거라고. 아니더라. 세상에는 종착역에 가까워지고서야 표를 잘못 끊었다는 걸 깨닫는 문제가 있는 거야. 그런데 시간이 너무 늦었고 돈도 바닥난 탓에 돌아갈 표를 구할 수가 없는 거지. 나는 이제 7학년인데. 이룬 것도 없고 너무 지쳐 버렸는데."

서아는 묘한 기시감을 느꼈다. 학내 커뮤니티 익명 게시판에는 그런 내용의 글이 곧잘 올라와서 많은 추천을 받았다. 남이 쏟아 낸 푸념을 저장해 뒀다가 다시 올리는 아이들도 있었다. 그건 어느 정도는 가십이지만 어느 정도는 열심히 하지 않으면 이렇게 된다, 식의 충격 요법이었다.

본래 글쓴이에게는 미안한 일이지만 다들 그런 글을 좋아했다. 좋아하진 않을지라도, 원했다. 어느 순간 삐끗해 저 아래로 떨어진 사람들의 예시는 아직 절벽에 매달린 아이들에게 경각심을 주었다. 최선을 다하지 않는다면, 더 노력하지 않는다면, 자신도 한순간에 저렇게 될 수 있다는 두려움. 그건 벌점이나 규칙보다 훨씬 효과적이었다.

"일반 졸업생 있잖아. 후원사를 제대로 구하지 못한 채 사회에 던져진 애들. 다큐멘터리를 봤는데, 열 명 중 두 명꼴로 죽어 있대. 10년 전부터 지금까지 일반 졸업생이 된 애들이 78명. 그중에 15명."

"그렇게 많아요?"

"으응, 나이가 아무리 많아 봐야 서른 중반도 안 될 텐데 그렇게나 많이 죽었지 뭐. 그런데 아무도 신경을 안 써. 몸이 멀쩡한데도 그렇게 된 건 자기 책임이라는 거지. 연료가 다 떨어졌어도 차체만 멀쩡하면 차가 굴러간다는 거랑 똑같은 소리지만."

이선은 거기까지 말한 다음 의견을 내 보라는 듯이 서아를 바라보았다. 함부로 위로해 보았자 속 편한 소리로만 들릴 게 분명하다는 생각과 그래도 좋은 말을 해야 한다는 생각이 맞부딪혔다. 자신은 아직 3학년이었고 운이 좋아서 신세도 폈다. 학교에서 쌓는 경력이 열차의 노선이라면 꽤 좋은 표를 얻어 낸 셈이었다. 그게 아마 이선에게는 잃어버린 옛날처럼 보이지 않을까.

긴 고민 끝에 서아는 입을 열었다.

"잘 모르겠어요. 제가 뭐라 말할 문제가 아닌 것 같아요. 그렇지만 일반 졸업생분들 중에도 잘 풀리신 분이 많다고 알고 있어요. 사람 일이라는 게 어떻게 될지 모르는 거니까 계속 열심히 하다 보면……."

"78명 중에 63명. 10명 중에 8명."

"그만큼은 아직 살아 있으니까요."

"그런데 문제가 뭔지 알아?"

"문제라고요? 굳이 따지면 죄다 문제일 것 같긴 한데요. 열심히 하면 학교도 공짜로 다니고 대기업 연구원도 된다지만, 세상일이라는 게 노력만으로 되는 건 아니고, 자기 적성을 자신도 모르는 경우가 많으니까……."

"아니, 아니야. 네 말도 맞지만 그런 건 이제 생각하지 않기로 했어. 진짜 문제는 내가 열심히 할 마음이 없는데도 열심히 해야 한다는 거야. 코스를 벗어나면 바로 죽어 버리는 마라톤을 뛰는 기분이야. 달리는 게 지긋지긋해져도 선택지가 없어. 나는 그만두고 싶은데. 이런 건 줄 알았으면 애초에 학교엔 안 들어왔을 텐데. 그런데 어른들이 가라고 했지."

"그건…… 비슷하게 생각하시는 분들 많더라고요. 전혀 안 그럴 것 같은 선배님들도, 연구 실적 잘 내는 분들도 가끔 그러시고."

대답을 마치면서, 서아는 자신의 목소리가 부쩍 침울해진 것을 느꼈다. 이선도 차이를 알아챘는지 서아를 빤히 바라보다가 웃음을 터뜨렸다. 텅 빈 가면 위에 홀로그램을 덧씌운 듯 표정이 이목구비 위에 붕 떠 있었다.

"내가 너무 우울한 얘기만 했지?"

"아니라고는 못 하겠네요."

"그러면 말이야, 재미있는 얘기를 해 줄게."

이선은 학자금 유예 제도를 입에 담았다. 학비는 기본적으로 학생의 몫이었지만 보호자 한 명이 연대 책임을 지게끔 되어 있었다. 미성년자를 위한 보증인인 셈이었다. 물론 학생 대부분은 후원사를 구해 학교를 떠나니까 가족이 책임을 떠맡는 경우는 아주 적었다. 재학 중에 죽은 학생들도 학비가 면제되기는 마찬가지였다. 사고사든 병 때문이든 간에, 유가족에게 청구서를 보내는 건 너무하다는 이유에서였다.

"그런데 졸업을 하면, 아니야. 졸업을 하면 그게 정말로 빚이 되는 거야. 내가 죽으면 그게 가족한테 가고. 그 꼴을 안 보려면 둘 중 하나지. 말도 안 되는 계약을 맺어서라도 후원사를 구하거나, 아니면 졸업하기 전에……."

의미심장한 침묵이 이어졌다. 이게 재미있는 이야기인가. 오히려 괴담 같은데. 서아는 잠깐 고민하다가 입을 열었다. 신입이긴 하지만 관리자로서 하고 싶은 반박도 있었다.

"저, 이런 말씀을 드려도 될지 모르겠는데, 제가 몇 주 전에 찾아본 적이 있거든요. 10년 전까지는 한 해에 두셋은 있었는데 이제는 자살률이 0이 됐대요. 전 그게 게임 덕분일 거라고 생각해요. 좋은 일이라고 생각하고요. 어쨌든 사람이 죽게 내버려 둘 수는 없으니까요."

그러자 이선이 다시 웃었고, 분위기가 정말로 이상해졌다. 그냥 지나칠걸 그랬다, 하고 때늦은 후회가 올라왔다.

"너 정말로 모르는구나."

"아마 잘 모르겠죠. 전 겨우 3학년이고 게임을 안 지는 한 달밖에 안 됐으니까요. 그래도요."

"아니, 그런 문제가 아니야. 똑바로 생각해 보란 말이야. 이 게임이 기분 전환에 도움이 되는 건 맞아. 그런데 이게 빚을 갚아 줄 수 있을까? 연구 주제를 정해 주니? 아니잖아? 그러면, 자살이 0명이라면, 사고사나 병사(病死)로 죽는 학생은 한 해에 몇 명일까? 제일 편하고 조용한 방법이 뭐라고 생각해?"

12

"그래서요, 죽고 싶은 애들한테 서버를 따로 열어 준다는 거예요? 남들은 모르게?"

"우연이도 그래서 죽었어."

"진짜요?"

이선은 고개를 돌려 서아를 빤히 바라보았다.

"아, 너 표정이 너무 잘 보인다. 거짓말도 못 하는 편이지?"

"잘은 못 해요. 그런데 진짜냐니까요."

"표정 관리는 연습해 둬. 교직원한테 들키면 큰일이잖아."

말을 마치자마자 이선의 몸이 흐트러지기 시작했다. 머리부터 시작해 발끝까지, 뜨개질 스웨터에서 올이 풀려 나가듯 형체가 여러 갈래로 갈라졌다가 허공에 스며들었다. 깔깔거리는 웃음소리가 한 차례 울린 건 아무것도 보이지 않게 된 다음이었다.

유령을 만나면 이런 기분일까. 당혹감에 눈을 깜박이던 서아는 문득 웅덩이 같은 그림자가 낙엽 위에서 움직이며 멀어지는 것을 알아보았다. 그림자는 숲 깊숙한 곳을 향해 가고 있었다. 지도를 열어 녹색 점이 움직이는 걸 확인하자 마음이 놓였다. 상대를 꽃잎으로 바꾸는 총처럼, 우연 선배가 투명 인간 기능을 추가해 줬나 보지.

그러니 너무 놀랄 필요는 없을 것이다. 애당초 지금 들은 이야기만으로도 충분히 놀라운 판이었다. 서아는 산책로에 덩그러니 남아 직전에 나눈 대화를 곱씹었다. 게임에 발을 들이면서 새로 알게 된 사실들도.

어떤 학생들은 빚이 두려워서 죽음을 꿈꾼다. 학교의 자살률은 언제부터인지 0으로 떨어졌지만 사고사는 여전히 일어난다. 대부분은 알려지지도 못하고 잊힌다. 괴물에게 잡아먹힌 사람은 현실에서도 죽는다. 뇌혈관 파열 자체는 병사(病死)로 간주되고, 어떤 면에서는 제일 편하고 조용한 방법일 것이다.

현은 괴물에게 자포자기한 학생들을 먹이고 있는 걸까. 목요일이 아닌 날에. 하지만 그게 사실이라면 이선이 제일 먼저 먹혔을 텐데. 못된 소리라는 건 알지만 반사적으로 드는 생각은 어쩔 수가 없었다. 이선이 지도 끝에서 자살 소동을 벌이는 건 하루 이틀이 아니었고, 설명대로라면 제대로 된 기업체에 들어갈 가망이 없었던 것이다. 여기가 안락사 센터라면, 현이 그런 일을 한다면, 이선을 손님으로 받을 이유는 차고 넘쳤다.

하지만 그 상황을 가장 껄끄럽게 느끼는 사람은 다른 누가 아니라 현인 것 같으니까, 이선의 농담을 진지하게 들을 필요는 없어 보였다. 서아는 현을 의심하는 대신 다른 걸 묻기 시작했다. 만약 자신이 현의 처지였다면 어떨까. 꽤 오랫동안 알고 지낸 사람이 힘들어하고 객관적으로도 가망이 없다면. 이선의 부탁을 계속 거절한 채 좋은 말만 나눌 수 있을까.

학생들은 서로를 달래고 감싸는 법을 알았지만 그 위안은 한 사람의 삶을 벗어난 적이 없었다. 교내 정신 건강 센터에 들러 상담을 받아 보기. 긍정적인 마음으로 세상을 대하기. 마음을 편하게 먹기. 아직 늦지 않았다고 중얼거리기. 가끔은 교수 욕도 하기. 이선이 수백 번은 들었을 테고 스스로도 잘 알고 있을 방법들. 희망찬 응원과 정답은 대개 무책임하다. 누구든지, 누구에게나 할 수 있는 말이므로.

그래서 서아는 이선에게 정말로 줄 수 있는 건 침묵뿐일 거라고 느꼈다. 느꼈을지라도 인정하고 싶지는 않았다. 다른 학생들이 함께 떠올라서 그랬을 것이다. 우리 모두가 어떤 면에서는 외떨어져 있으며 따뜻한 말들은 그 거리를 가리고 있을 뿐이라는 감각. 그런 감각 속에서는 학교가 문제고 후원사 제도가 문제라는 말조차 공허해졌다. 괴로워하는 친구를 위해 자신의 후원 계약을 포기할 학생은 없기 때문이다.

그렇다면 이 게임이 아이들에게 해 줄 수 있는 건 대체 무엇일까. 즐겁게 놀다 가는 학생들이 대부분이라는 건 알지만, 하율과 현의 마음을 무시하려는 것도 아니지만, 자연스레 그 질문이 떠올랐다. 사실 휴양용 가상 공간은 이것 말고도 많으니까.

이 게임과 다른 가상 공간의 차이. 학교 소속이 아니라는 점. 이용료를 낼 필요가 없는 데다가 이용 기록이 학사 정보에 남지도 않는다는 점. 조금 더 환상적이라는 점. 관리자에게 직접 요구 사항을 읊고, 새로운 기능을 얻어 낼 수 있다는 점. 그리고. 그리고 더는 떠오르는 게 없었다.

비밀스러운 게임의 일부가 되는 건 그 자체로 즐거운 일이겠지만 그건 학생들의 시각에 불과했다. 운영하는 쪽에서는 특별한 이유가 필요했다. 위험 부담을 감수할 만한 이유가. 학교에 들켰다가는 연구실 자체가 위험해지고, 게다가 이미 우연이 죽었다.

이선의 말로 생각이 되돌아갔다.

우연이도 그래서 죽었어.

× × ×

　산책로에 멍하니 서 있다 보니 준비 시간이 끝났다. 그날 서아는 괴물을 세 마리 잡았고, 아무 일도 없었던 것처럼 접속을 해제했다. 현에게 음성 대화를 걸거나 메시지를 보내지도 않았다. 이선의 말은 마음 한구석에 껄끄럽게 얹혔지만 당장 따질 문제는 아니었다.

　어떻게 운을 떼어야 할지 갈피를 잡을 수 없었다. 죽으려는 학생들을 괴물한테 먹이신다고 들었는데요. 우연 선배님도 그래서 돌아가신 거라고요. 서아는 그렇게 말하는 순간을 상상하다가 그만두었다. 그게 짓궂은 농담이라면 자신만 평판을 망칠 상황이다. 적어도 어색해진 분위기는 감수해야만 할 것이다. 농담이 아니라면? 글쎄, 그런 가능성을 계산에 넣었다가는 머리가 터질 것만 같았다.

　진실이 궁금하다기보다는, 영영 모르고 싶다는 게 서아의 솔직한 마음이었다. 알지 못하는 것에는 고민도 책임도 필요하지 않으니까. 하지만 외면하는 데는 변명이 필요했다…….

　"궁금한 게 있는데요."

　마침내 말을 꺼낸 건 이선을 만나고 열흘이 더 흐른 뒤였다. 금요일 아침 강의를 듣고, 교내 학회에 낼 페이퍼를 준비하고, 사소한 과제를 처리하고, 게임 세션까지 한 번 더 끝마친 다음에.

원래는 바로 다음 날 물어봐야겠다고 생각했는데 기회가 마땅치 않았다. 게임 이야기를 연구실 바깥에서 할 수는 없는데, 연구실에는 보통 교수님이 있었기 때문이다. 따로 시간을 낼 만큼 궁금하진 않은 탓도 있겠다. 아무튼. 아무튼 오늘이 그 기회였다. 하율 교수님은 연구실 후원사와 협의할 일이 있어 자리를 비웠고 현은 개인 일정이 없었다.

서아는 목소리를 가다듬고 본론으로 들어갔다.

"학교에서도 이미 휴양용 가상 공간을 운영하고 있잖아요. 해변이나 수목원 같은 장소를 배경으로요. 진짜 수목원도 있고요."

"응."

"그런데도 저희가 굳이 사설 서버를 운영할 필요가 있는 걸까요?"

"음, 학교 건 사용 시간이 정해져 있고 이용 기록이 남으니까. 너무 많이 놀면 회사에서 안 좋아한다는 소문 알지? 정신 건강 센터도 기록에 남을까 봐 안 가는 애들 많잖아. 똑같은 거지. 이용료야 부차적인 문제고."

"저도 알고는 있죠. 그런데 그건 학생들 입장이지 교수님이 신경 쓸 부분은 아니라는 생각이 들어서요."

"교수님? 하율 교수님? 그분은 또 왜?"

"따지고 보면 저희 셋 중에서 제일 위험한 사람은 교수님이잖아요. 저희야 학생이니까 잃을 게 적다고 쳐도, 교수님은 이미 계약서까지 다 쓰셨으니까요. 그런데 그런 위험 요소에 비해 얻는 게 없어 보여서요. 사람을 구하려고 목숨을 거는 건 이해가 가지만, 남을 즐겁게 해 주려고 목숨을 거는 건…… 이상하다고 생각해요. 그래서 궁금해진 거고요."

"다른 사람을 즐겁게 하는 거랑 그 사람을 구하는 건 비슷한 일이야. 사람은 우울해서 죽고 기분이 좋아서 사니까. 알면서 그래."

갑자기 별소리를 다 한다는 투였다. 하긴 서아를 처음으로 매혹한 것도 그 부분이었다. 학교 생각을 잠깐이나마 내버릴 수 있는, 꿈만 같은 공간. 유리창을 깨고 다니는 것도, 누워만 있는 것도 자유다. 원하는 것이 있으면 관리자에게 직접 건의할 수도 있다. 그러면 정말로, 부탁한 게 눈앞에 나타난다…….

그런 것들이 안겨 주는 해방감은 오직 게임에서만 찾을 수 있었다. 위험하고 비밀스러운 도피처에서만. 그러니까 현의 대답에는 틀린 구석이 없었다. 서아는 입속으로 앓는 소리를 삼켰다. 이선이나 우연의 이름을 입에 담지 않으면서 말뜻을 전하려니 어렵기만 했다.

"그래도 기분은 주관적인 거잖아요. 결국엔 스스로가 챙겨야 하는 거고요. 그래서 제가 하율 교수님이었으면, 컨디션 관리야 알아서들 하라 내버려 두고 자기 연구만 했을 것 같거든요. 못된 소리이긴 한데 제 생각은 그래요. 잘못해서 사고가 나면 사람이 죽을 수도 있으니까요."

현은 서아를 물끄러미 바라보다가, 알겠다는 듯한 표정을 지었다.

"우연 선배 때문에 하는 소리구나."

"네, 자꾸만 생각이 나서요. 그런데 물어보기도 미안하고 해서……. 지금 겨우 이야기하네요. 죄송해요."

"그건…… 조금 복잡해. 앞으로는 그런 일 없을 테니까 걱정하지 말고." 현은 생각을 되짚듯 눈을 깜박이고는 본래 주제로 되돌아갔다. "그리고 기분뿐만이 아니야. 관리자들한테는 게임 운영 자체가 포트폴리오라고 했잖아."

"네, 알아요. 마녀 복장도 첫 번째 관리자님 작품이라고 하셨고요."

"가상 공간 쪽으로 연구실 구하기 어려운 거, 알고 있지?"

"당연히 알죠."

가상 공간은 유망한 분야이지만 진입하기가 특히 어려웠

다. 상용화한 기술과 알고리즘 대부분이 회사 각각에 특허로 묶인 탓이었다. 어떤 회사는 동작 감지 알고리즘을 많이 가졌고 어떤 회사는 감각 알고리즘을 많이 가진 식으로. 이런 특허들은 기밀이어서 논문으로도 공개되지 않았다.

　"원래 돈이 되는 분야일수록, 이론이랑 실용이 섞인 곳일수록 기밀로 두는 게 많잖아. 그런데 이러면 학생은 최신 동향을 따라가기가 어려운 거야. 선배들 포트폴리오는 졸업하면 바로 특허로 묶여 버리고, 애들도 자기 팀이 하는 걸 남한테는 안 보여 주려고 하니까. 그게 새어 나가면 계약서에 불리하거든. 가상 공간 연구실들이 기본적으로 한 군데 회사하고만 연계되는 것도 똑같은 이유 때문이고."

　"네, 그래서 가상 공간 쪽은 직통 코스라고 들었어요. 연구실이 센스/네트에서 지원을 받으면 센스/네트로, 마너크에서 지원을 받으면 마너크로. 학생일 때 만들어 낸 것도 자연스레 거기 특허가 되고요. 저희 연구실은 덱스컴이랑 이어져 있으니까…… 저희도 덱스컴으로 가겠네요."

　"그러면 여기서 문제. 게임에 쓰인 기술들은 지금 어디 특허가 돼 있을까?"

　"덱스컴이죠."

　서아는 대답과 동시에 아하, 하고 중얼거렸다. 게임을 운영하고 보수하고 개선해 가는 일은 덱스컴의 실무나 마찬가지였다. 회사들은 보안상의 이유로 연구실 학생들에게는 고급 특허를 공개하지 않았지만, 게임은 그런 제약에서 벗어나 있었다.

"10년쯤 된 일인데, 진솔 선배는 원래 연구실 소속이 아니었대. 첫 번째 관리자였는데, 그때는 교수님이 학생을 받지 않으셨거든. 받을 수 있는 상황도 아니었고. 비공개 연구실이어서."

첫 번째 관리자 진솔은 학비가 두려워서 자살을 시도한 학생이었다. 의료 센터에서 몇 주를 지내고 돌아오자 처지가 더 나빠졌다. 이력서에 쓸 내용은 여전히 없는 데다가 의료비까지 추가됐으니까.

하율은 사연을 듣고는 그 학생을 연구생으로 받아들이는 방안을 상의했다. 덱스컴과의 협상은 쉽게 흘러가지 않았다. 가상 공간 회사들은 보안에 예민했고, 학생을 새로 받을 때도 여러 가지를 따졌다. 가끔은 열다섯 살짜리 아이들이 산업 스파이 노릇을 했던 탓이다. '쓸모 있는' 학생만 받으라는 요구도 있었다.

"가망 없는 학생은 받지 말래서, 연구실 바깥에서 지도했대. 그러는 동안 예전에 만들었던 게임을 실습용으로 쓰신 거지. 거기에 적용된 기술이 바로 덱스컴에서 쓰는 기술이었으니까. 쓸모가 있다는 걸 보여 주려면 편법이라도 써야 했으니까. 다행히 원래 하던 분야랑도 겹치는 데가 있어서, 6학년 중순에 정식 연구생이 됐다더라. 졸업 유예를 해서 8학년까지 다니긴 했지만 후원사 계약도 잘했고."

서아는 2주 뒤의 특강을 떠올렸다. 졸업자가 학교에 찾아와서 같은 분야의 학생들과 직접 만나고 안면을 쌓는 자리. 이번 특강의 주인공이 바로 진솔 선배였다. 지금은 선임 연구원 자리까지 올라갔는데, 동작 의지 추출이 주 분야라고 했다. 게임에서 손짓만으로 별구름을 띄워 올리고 실타래를 만들게 도와주는 기술이었다.

그 연구 덕분에 커리어가 피었다고는 들었지만 이런 사연이 숨어 있을 줄은 상상도 하지 못했다. 가슴 찡한 미담인 듯싶다가도 다시 생각하니 기분이 이상했다. 결국엔 일이 잘 풀렸다지만, 하율이 덜 용감한 사람이었더라면 진솔의 삶은 완전히 달라졌을 테니까. 모든 진솔이 하율을 만날 수는 없으니까.

"운이 좋았네요."

"그렇지. 다들 그랬어."

"다들, 이라고요."

"첫 번째 관리자님이 졸업하기 석 달 전에 3학년생 한 명을 데려오셨대. 자기가 예전에 이랬던 것 같다고. 그러니까 분명히 잘할 거라고."

"그 3학년생이 두 번째 관리자였겠네요."

현이 고개를 끄덕였다.

"내가 널 찾아낸 것처럼, 다들 누군가한테서 예전 기억을 찾아내. 그렇게 계속 이어지는 거야. 한 명, 아니면 두 명씩."

이력서가 텅 빈 학생은 서아 말고도 많았지만, 그럼에도 현이 본 것은 다른 누가 아니라 서아였기 때문에 둘은 여기에 있었다. 이전 관리자들도 비슷한 만남을 겪었을 것이다. 그 반복과 발견의 쌍에는 운명적인 면이 있었다. 구원의 순간을 가만히 기다리는 것이 아니라 그 순간을 스스로 정함으로써 완성되는 운명이었다.

거기에 깃든 건 둘의 세계를 하나로 접붙이는 낭만일까, 아니면 그 바깥을 향한 잔인함일까. 서아는 이선을 떠올렸고 자신은 아직 알지 못하는 학생들의 윤곽을 머릿속에 그렸다. 한 사람의 호의는 모든 이를 덮을 수 없기 때문에 따뜻한 만큼 가혹해진다. 서아는 열흘 전의 감각을 다시 느꼈고, 거기에 한 문장을 보탰다. 사람들은 서로를 아낄지라도, 또는 아끼기 때문에, 외떨어지게 된다.

좋은 일이긴 하지만 불공평한 것 같아요.

서아는 그렇게 덧붙이고 싶었지만 입이 잘 열리지 않았다.

마음으로는 그들을 연민할지라도 행운을 넘겨줄 수는 없기 때문일 거였다.

13

대화를 마치고 나니 묻지 못한 질문과 새로 생긴 의문이 뒤엉켰다. 우연 선배의 죽음은 그냥 단순한 사고였을 뿐일까. 관리자와 만나지 못한 아이들은, 기회가 없던 아이들은 어떻게 되는 걸까.

지금까지 연구실에 있던 관리자는 다섯뿐이었다. 현과 싸우고 다른 곳으로 옮긴 도진을 더하면 여섯일 테지만, 그런 경우가 많을 것 같진 않았다. 서아는 빚을 짊어질 수밖에 없는 학생들을 세어 보았다. 일반 졸업자는 한 해에 5명에서 7명. 자살자는 한 해에 한둘. 그러다가 10년쯤 전부터 자살률이 0으로 줄어들었다.

그렇다면, 관리자가 되진 못했지만 자살률 통계에서는 사라진 사람들은 어디로 갔을까. 전산적 신호와 폴리곤으로 이루어진 낙원에서 구원을 얻은 걸까, 아니면 스스로의 노력으로 어떻게든 출구를 찾아낸 걸까. 그게 가능한 일일까…….

서아는 그런 희망들이 가짜라고 말하고 싶진 않았지만 그 모두가 진실이라고 말하고 싶지도 않았다. 세상에 명백한 것이 있다는 말들은 명백히 거짓말이다. 할 수 있다, 와 해야만 한다, 가 마구잡이로 뒤섞이는 세상이라면 말할 필요조차 없다. 노력하면 잘될 수 있으니까 노력해서 잘되어야만 한다. 마음을 편하게 먹으면 편해질 수 있으니까 마음을 편하게 먹어야만 한다. 당연하면서도 이상한 문장이었다. 그리고 그 문장이 당연하지 않은 세계조차 서아에게는 이상했다.

제일 이상한 건 이런 고민을 거듭하다가도 결국엔 현실로 돌아가야 한다는 점이었다.

× × ×

그 주말에는 서아에게도 인공 뇌가 하나 생겼다. 구현 중인 기능을 사람들에게 그대로 적용했다가는 위험한 상황이 벌어질 수 있기 때문에, 가상 공간 연구자들은 이런 시험체를 하나씩 갖고 있었다. 딸기 맛을 구현하려던 계획이 포도 맛이 되는 건 사소한 실수로 넘어갈 수 있지만, 발작이 일어나는 건 심각한 문제이므로 안전성 검사를 미리 거치는 것이다.

서아는 마우스 커서를 움직여 화면에 떠오른 회색 덩어리를 빙글, 돌려 보았다. 인공 뇌의 3D 모델이었다. 진짜는 저 멀리 보관실에 놓여 있다. 뚜껑에 전선이 달리고 아래에는 영양액 주입구가 붙은 아크릴 원통이 선반을 따라 빼곡히 늘어선 장면을 떠올리자 기분이 이상했다. 완전히 합법적인 물건이라지만, 비윤리적인 실험을 자행하는 미치광이 과학자가 된 기분이라고나 할까.

게다가 인공 뇌는 가끔씩 사망 신호를 보내기도 했다. 교체 요청을 하면 하루 이틀 안에 새로운 뇌가 들어오는데, 다행히 개인 물품이 아니라 실험 비품으로 분류되기 때문에 비용은 연구실 예산으로 처리한다.

아니, 잠깐만. 거기까지 생각했더니 이제 정말 연구실 소속이 됐다는 느낌이 왔다. 게임에 처음으로 발을 들였을 때와는 또 다른 기분이었다. 서아는 고개를 살짝 돌려, 바로 뒤에 선 하율을 바라보았다. 기다렸다는 듯 설명이 이어졌다.

"덱스컴 표준으로 설정해 뒀어. 게임도 덱스컴 표준에 맞춰서 개발하고 있으니까, 기술 호환은 어렵지 않을 거야. 시험해 보고 싶은 게 있으면 여기에서 먼저 테스트한 다음 저쪽으로 가져가는 거지."

저쪽, 이란 현의 사설 서버였다. 새로운 기능이 추가된 상태로 게임이 열리면 학생들이 어떤 식으로든 반응을 보일 것이다. 작동 결과가 이상하다거나, 조작이 잘되지 않는다거나, 그래픽이 깨진다거나 하는 식으로. 접속자가 2차 테스터 역할을 겸하는 셈이었다. 그런 점에서 하율의 연구실은 다른 곳보다 환경이 좋았다. 아무리 큰 연구실이라도 매번 100명이 넘는 테스터를 동원하기는 어려우니까. 물론 그만한 위험을 감수하고 있다지만…….

"이건 좀 다른 이야기인데, 하나 여쭤봐도 될까요? 연구실에 관련된 거예요."

현과 나눴던 대화가 새삼스레 떠올랐다. 하율이 뭐라고 답할지 궁금하기도 했다.

"물론이지."

"저희 연구실이요, 개방형이긴 해도 공개 모집은 안 하잖아요. 그러니까 비개방 연구실이랑 개방형 연구실의 중간쯤인데……. 이 상태에도 나름의 장점이 있으리라고 생각하긴 해요. 게임을 운영하면서 보안을 지키려면 사람을 적게 두는 편이 좋으니까요. 그런데 평범한 개방형 연구실로 바꿔서 운영하면 연구실 정원도 늘어나고 편하지 않을까 싶어서요. 인당 실적이야 조금 줄어들겠지만.”

“음.”

하율은 짧게 신음했다.

“네 말대로, 개방형으로 평범하게 운영하면 훨씬 편하고 안전하긴 해. 문제는 내가 그게 안 된다는 거지.”

“안 된다뇨?”

“생각해 봐. 난 졸업하고 거의 바로 연구 교수가 됐어.”

가상 공간 기술 덕분에 회사 사무실 규모가 크게 줄었다지만, 신입에게 첫날부터 재택근무를 시키는 회사는 많지 않았다. 보안 문제도 있거니와 재택근무란 협업 체계가 갖춰지고 기본적인 사항을 설명할 필요가 없을 때나 가능하기 때문이었다. 그러나 하율을, 말하자면 15년 전 사건의 주인공을 바깥으로 데리고 나왔다가는 온갖 사람이 따라붙을 것이다. 소문을 재료 삼아 공예품을 만들어 내거나 제 것도 아닌 불행을 장사 밑천으로 삼으려는 부류. 덱스컴은 그런 상황을 원치 않았다.

“학교에 남으라더라. 덱스컴 본사에서 일하는 거랑 덱스컴 연계 연구실에서 일하는 건 큰 차이가 없으니까. 때마침 연구동에 빈자리가 하나 나서, 거길 받았지. 그리고 한동안 원래 교수님 밑에서 일했어. 연구실은 다르지만 사실상 같은 소속이었지. 하는 일은 말단 실무자인데 직함만 거창했지. 그리고 지금은…… 중견 실무자쯤 되겠네. 애들을 지도할 능력은 여전히 없어."

"하지만 관리자가 선배님 말고도 여럿 계셨잖아요. 그분들도 다 덱스컴에 가셨을 테고요."

"우리는 편법을 쓰고 있는 거야. 연구실 소속 학생들도 원천 기술에는 접근하기 어려운 거, 알지?"

"네. 보안 문제도 많고 산업 스파이도 있으니까요. 제한사항은 회사마다 다르지만, 계약서도 안 쓴 학생들한테 알고리즘 특허 내용을 다 알려 주는 일은 없죠. 마너크 계열 연구실도 그래서 불만이 엄청 많다고 들었어요. 이렇게 아무것도 알려 주지 않으면 뭘 할 수 있겠느냐면서."

하율의 대답은 저번에 현에게서 들은 이야기와 맥락이 비슷했다. 하율은 제대로 된 연구 교수가 아니고 이 연구실도 멀쩡한 연구실은 아니니까, 그걸 역으로 이용한다는 거였다. 결국 게임 관리자들은 학생이라기보다는 회사의 도제에 가깝다고 할 수 있었다.

"내가 정말로 도와줄 수 있는 분야는 특허로 묶인 것밖에 없어. 기초적인 필드에서는 지도할 능력이 부족하고."

"그러면 회사도 알고 있는 거죠?"

"특허 내용이 유출된다는 건 알지만 자세히는 몰라. 정확히 말하면, 회사 입장에서는…… 몰라야 하는 거야. 알면 안 되지. 만에 하나 문제가 생기면 책임도 같이 떠맡게 되니까."

"꼬리 자르기를 하려고 모른 척한다는 거네요."

"위험보다는 쓸모가 더 크니까 회사 측에서도 내버려 둘 뿐이지, 여긴 정말…… 애매한 위치야. 규모에 비하면 실적이 잘 나오긴 하지만 규모가 더 커지면 안 되고, 개방형 연구실로 완전히 전환할 수도 없어. 이러다가도 내일 갑자기 게임 서버를 닫아야 할지도 몰라. 아예 연구실이 사라지거나."

서아는 고개를 돌려 장식장을 힐끔 바라보았다. 위 칸에 놓인 사진이 전등을 반사하며 유백색으로 빛나고 있었다. 하율과 우연과 현과 도진이 찍힌 사진. 우연의 죽음이, 그리고 이선의 농담이 다시 마음에 걸렸다. 덱스컴이 연구실의 비밀을 일부러 모르고 있다면, 회사는 무엇을 알고 있을까. 회사가 계산하는 위험에는 죽음까지 포함된 걸까.

서아는 무심코, 혹은 일부러 그 이야기를 꺼냈다.

"게임 말예요, 아직 위험하잖아요. 괴물한테 잡아먹히면 죽으니까요."

"그렇지."

"그러면 일부러 먹히고 싶어 하는 애들도 있나요?"

"있었어. 15년 전에."

15년 전에, 두 번째 사망자가 생기자마자 학생들은 게임이 급사(急死)와 연관이 있다는 사실을 깨달았다. 하지만 실행 파일은 이미 곳곳에 퍼져 있었다. 서버는 계속 열렸고 접속하는 아이들도 여전히 많았다. 목숨이 걸려 있다는 사실이 어떤 식으로든 마음을 건드렸을 것이다. 그렇게 넷이 죽었다. 다섯 번째 피해자가 의료 센터로 달려간 뒤에야 겨우 게임의 진상이 드러났다.

총 사망자는 넷. 그중에서도 네 번째 사망자는 게임 제작진과 직접적으로 얽혀 있었다. 학비를 감당할 방법이 없다고, 다른 접속자들이 게임을 즐기는 동안 자신은 스스로 괴물에게 잡아먹힐 테니 서버를 열어 달라고 부탁했다는 거였다. 제작진은 거절하기도 하고 설득해 보기도 했지만 그 부탁을 받아들였다. 그리고 다섯 번째.

"똑같은 약속을 했지만, 죽고 싶다던 애가 마음을 바꿨어. 완전히 다른 애가 먹혔지. 기숙사로 찾아가 보니 침대에 웅크리고 벌벌 떨고 있더라. 의료 센터에 가면 이력에 남을 거라면서. 그게 중요한 게 아닌데 말이야……. 의료 센터에 끌고 갔어."

하율은 후회하듯 말끝을 흐렸다. 서아는 얼떨떨한 기분으로 눈을 깜박이다가 겨우 입을 열었다.

"저, 이런 이야기는 처음 들어 봐요. 뉴스에서도 들은 적 없어요."

"학교도 회사도, 그런 말은 안 좋아해. 네 번째랑 다섯 번째 얘기를 하기 시작하면 애들이 놀다가 사고를 쳤다는 식으로 덮고 넘어갈 수가 없게 되는걸. 그러니까, 말하지 않으면 없는 일이 돼. 뭐든 그렇지."

하율은 그 문제로 직접 인터뷰에 나선 적도 있다고, 그런데 관련자 보호라는 명목으로 송출이 금지되었다고 말했다. 진실이 밝혀지면 하율 자신에게도 좋지는 않았겠지만, 그 보호가 정말로 누굴 위한 것인지는 의문이라고 했다. 서아는 커뮤니티 게시글에 매겨지는 벌금을 생각하고는 이선을 떠올렸다.

"지금은요?"

"글쎄, 그런 아이들은 언제나 있어. 그래서 내가 이 얘기를 한 거고. 잘 생각해 봐. 그 결정이 얼마나 옳았고 틀렸는지가 아니라, 네가 그 상황에서 어떻게 할 수 있는지를 생각해야 돼. 너한테 선택의 순간이 올 수도 있으니까. 거절하면 그만이라는 건…… 너무 편리한 말이야. 편리한 말만 중얼거리고 있으면 아무것도 대비할 수가 없지. 사람의 마음도, 세상도, 그렇게 명쾌하지는 않거든."

14

서아는 질문 자체보다 그 아래 숨은 뜻을 두고 고민하느라 더 오랜 시간을 썼다. 정말 그런 일이 종종 일어나서, 미리 준비를 시켜 두려는 걸까. 아니면 이상하고 어려운 경험을 한 사람에게는 남을 가르치려는 습관이 생기게 마련이니, 하율도 그런 걸까.

이 게임에서도 비슷한 일이 있었느냐고 물었지만 하율은 글쎄, 라고만 답했다. 선을 긋는 느낌이었다. 아직은 입장 시간이 아니라면서 경비원에게 정중히 막아 세워지는 느낌. 몰래 샛길을 찾아간다면 모를까, 그걸 막무가내로 뚫고 지나갈 자신은 아직 없었다.

"맞다, 이번에 특강 열린다는 이야기 들었지? 진솔이도 시간 된다더라. 특강 끝나고 미팅 룸에서 만나면 돼."

그래서 하율이 주제를 돌렸을 때, 서아는 조금 안심했다. 남을 의심하는 건 의심하는 사람에게도 불편한 일이니까. 하율과 현이 뭘 숨기는지는 몰랐지만, 외면할 수 있을 때까지는 외면하고 싶었다.

× × ×

특강을 주관하는 회사는 덱스컴이었고, 강사는 덱스컴의 선임 연구원이었고, 참여자들도 모두 덱스컴 계열 연구실의 학생들이었다. 다른 세 연구실은 하율의 연구실과는 사정이 달랐지만, 어쨌거나 모두가 덱스컴이라는 이름 아래 모인 셈이었다.

그래서인지 프레젠테이션 화면과 3차원 홀로그램 앞을 지나다니며 가상 공간 기술의 미래를 읊는 진솔은 덱스컴의 선전 영상에서 막 걸어 나온 것만 같았다. 서아는 자신만만한 목소리에 귀를 기울이다 말고 주위 학생들을 흘긋거렸다. 진솔을, 진솔 너머의 빛을 모두가 하나 되어 바라보는 모습에는 종교적인 매혹이 서려 있었다.

"특강은 처음인데, 좀…… 놀랐어요."

강연장을 나오면서, 서아는 놀란 목소리로 말했다. 앉아 있기만 했는데 숨이 차는 경험은 처음이었다. 현이 작게 웃으며 답했다.

"강의가 아니라 설교 같지?"

"네. 교회에 온 줄 알았어요. 가 본 적은 없지만요."

"회사도 이런 부분에서는 공을 많이 들이거든. 학생들이 회사를 좋아하게 만들어야 일도 잘하고 도망도 안 갈 거잖아. 계약 기간이 끝나자마자 다른 곳으로 옮기면 손해가 크니까, 그런 일이 최대한 없게 하는 거지. 나는 덱스컴 사람이다, 나는 센스/네트 사람이다 하는 관념을 머릿속에 박아 넣는 거야. 가상 공간에서 진행해도 되는데 일부러 여기까지 오는 이유가 뭐겠어? 그것도 다 이미지고 전략인 거지. 회사가 너희를 이렇게 신경 쓰고 있다, 하는 이미지."

"다른 분야도 이런가요?"

"글쎄, 분위기는 저마다 다르겠지. 그중에서도 가상 공간 쪽은 회사끼리 경쟁이 심하고 기밀도 많으니까 특히 심하긴 해."

고개를 끄덕인 서아는 현을 따라갔다. 미팅 룸으로 자리를 옮길 차례였다. 교직원이나 회사 쪽 사람은 없으니 마음 편히 대화를 나눌 수 있을 거라고 했다. 먼저 들어가 30분쯤 기다리자 문이 열리면서 학생들의 머리 너머로만 봤던 사람이 눈앞에 나타났다. 곱슬거리는 머리칼을 목덜미에 딱 붙게 자른 여자였다. 하얀 기운이 도는 청바지에 얇고 검은 폴라 티셔츠를 입고 있었다.

"안녕하세요."

"오랜만이네. 마지막으로 본 지 두 달쯤 됐지?" 진솔은 현에게 먼저 인사를 건넨 뒤 서아를 보았다. "이번에 새로 들어왔다면서. 적응은 잘돼 가? 열심히 하고 있지?"

진솔의 태도는 강단 위에 있을 때와 큰 차이가 없었다. 똑같이 활기찼고 똑같이 당당했다. 학교를 졸업했으니만큼 삶을 대하는 태도가 달라졌겠지만, 이런 사람이 한때는 졸업 유예생이었다는 사실이 놀랍기만 했다. 분위기로만 보면 태어났을 때부터 선임 연구원이었을 것 같은데.

이런저런 잡담이 끝난 뒤에 회사의 사업 방향과 경영 전략을 설명하는 시간이 이어졌다. 강의에서 들었던 것보다 훨씬 내밀했다. 최근에는 감각 구현 분야에 집중적으로 투자하고 있는데, 경쟁사인 센스/네트에서 사람을 많이 빼 왔다는 식의 이야기였다. 그러다가 사내 정치가 주제에 올랐다.

"이게 결국 학교 인맥이 회사 인맥으로, 그대로 올라오는 구조란 말이야. 그러면 우리는 불리할 수밖에 없거든. 다른 연구실 세 곳은 1년에 네댓쯤을 회사에 넣는데 우리는 2~3년에 하나 정도니까. 원래대로라면 지금쯤 우연이가 우리 팀에 있어야 하는데."

"선배님."

현이 멈추라는 듯 나지막한 목소리로 불렀다. 진솔은 아랑 곳하지 않고 계속 말했다.

"그때 회사에서도 난리 났던 거 알지. 계약서까지 다 써 놓은 상태에서 그렇게 됐으니까. 이런 일이 한 번만 더 생기면 다시 비공개 연구실로 돌리겠다고 그랬어. 아니면 다른 곳이랑 합치거나. 하율 교수님 연구실에 학생 티오 유지하려면 너희가 잘해야 해. 우리끼리 뭉쳐야 조직 생활도 편하고. 내가 도진이랑도 계속 연락하는 이유 알잖아. 우린 계약 기간이 끝나도 회사를 못 옮겨."

"네."

"생각이 많으면 안 돼. 우연이도 생각이 너무 많으니까 그렇게 된 거라고. 졸업하면 다 끝난단 말이야. 그러니까 넌 진짜 그러면 안 돼."

"알아요."

현은 고개를 숙이고 탁자를 내려다본 채로 대답했다. 분위기가 순식간에 서늘해졌다. 서아는 불청객처럼 가만히 앉아 있었다. 사업 방향 설명은 즐겁게 들었지만, 이런 이야기를 3학년생이 알아도 되는지가 의문이었다. 계약 기간이 끝나더라도 이적할 수 없다는 이야기보다는, 우연의 이름이 더 마음에 걸렸다. 생각이 너무 많아서 그렇게 됐다니, 도대체 어떤 생각이 사람을 죽음으로 몰아갈 수 있는 걸까. 계약서까지 다 써 놓았다니 진로 때문에 걱정할 필요는 없었을 텐데. 애초에 우연의 죽음은 사고라고 하지 않았나. 만약 그게 사고가 아니었다면……

사고가 아니었다면?

— 그래서요, 죽고 싶은 애들한테 서버를 따로 열어 준다는 거예요? 남들은 모르게?

— 우연이도 그래서 죽었어.

이선의 말은 농담이 아니었다.

× × ×

서아는 내심 헛웃음을 삼켰다. 모르고 싶다고 중얼거렸던 게 바로 며칠 전 일이었는데 이제는 모른 척하기도 어려워진 것이다. 은행이 빚 독촉을 할 때는 메일을 보내다가, 전화를 걸다가, 나중에는 아예 서류를 보낸다던데. 자신도 두 번이나 무시했으니 서류를 받을 차례이긴 했다. 그러면 이제 어쩌지. 상담사에게 문의하듯 현에게 물어보면 해결되는 문제인가.

"미안해. 평소에는 좋은 분인데…… 그 일이 일어난 뒤로 조금 예민해지셨거든. 부담 주는 이야기는 다 잊어버려도 돼. 우연 선배도 그렇고. 신경 쓰지 마."

현은 미팅 룸을 나오자마자 그렇게 말하면서, 두통이 일 때 관자놀이를 누르듯 눈썹 뼈를 엄지로 꾹 눌렀다. 흉터가 있는 자리였다. 서아는 네, 하고 대답한 다음 주위를 둘러보았다. 미팅 룸이 있는 건물은 예약제로 운영되기 때문에 공연히 돌아다니는 학생들이 없었다. 진솔은 만날 상대가 더 있다는 이유로 미팅 룸에 남았다. CCTV도 멀리에 있는 걸 보면 짧은 이야기는 해도 괜찮을 것 같았다.

"그런데요, 덱스컴에서도 알고 있는 거 맞죠?"

가슴이 두근거리는 탓인지 목소리가 많이 떨렸다. 서아는 오른쪽 손목으로 가슴팍을 꾹 눌렀다.

"뭐 말이야?"

"이 연구실에 관한 거요. 원천 기술을 유출한다 수준이 아니라, 서버 자체를 알고 있는 거죠? 사람 죽은 것도요?"

"어느 정도는 눈감아 주고 있어. 그렇다고 해서 공공연히 말할 정도는 아니고, 어쨌든 들키면 안 돼. 들키지 않으니까 눈감아 주는 거야."

"죽은 사람은요?"

현은 말없이 고개를 가로젓고 걸음을 옮겼다. 여기에서는 자세히 말할 수 없다는 투였다.

복도 양옆으로는 채광창 없이 미팅 룸으로 이어지는 문들만 늘어서 있었다. 창백하고 하얀 전등 불빛. 현의 그림자가 깊은 물에 잠긴 낙엽처럼 흔들렸고 발소리가 유독 크게 울렸다. 서아는 그 발소리에 자신의 보폭을 맞추면서, 새로 알게 된 사실을 정리해 보았다.

15년 전에, 하율은 죽으려는 아이를 위해 서버를 열어 주었다. 이 연구실 학생들은 덱스컴 이외의 회사로 소속을 옮기지 못한다. 덱스컴은 사설 서버의 존재를 알고 있다. 현은 상황이 나쁜 학생들을 괴물에게 먹이는지도 모른다. 우연도 단순한 사고로 죽은 것만은 아니다. 어떤 생각이 우연을 죽였다. 또는 누가 우연을 죽였다……

그러고는 울림이 뚝 멎었다. 맞은편에 나타난 그림자가 현의 그림자와 끄트머리를 맞댄 채 멈춰 있었다. 서아는 고개를 들어 앞을 보았다. 5학년생 브로치를 단 학생이 서 있었다. 살짝 위로 치켜 올라간 눈매가 어딘지 익숙했다. 잠시 기억을 되짚자 감이 잡혔다. 연구실의 사진에 등장한 마지막 한 사람이었다. 현의 친구였다가 연구실을 옮긴 그 학생인 것이다. 이름은 도진. 진솔 선배가 따로 기다리는 사람이 도진이었나.

현은 지나가라는 듯 벽가에 붙어 섰지만 도진은 움직이지 않았다. 심장이 여남은 번 뛰는 동안 아무 말도 오가지 않다가 현이 먼저 입을 열었다.

"들어가 봐. 진솔 선배님 계셔."

도진은 서아를 힐끔 바라보았다. 표정에 경멸과 연민이 함께 어려 있었다.

"학생 새로 받았나 봐?"

"네가 신경 쓸 일 아니야."

"아직도 그러고 살지? 쟤도 알고 있어?"

"여기서 할 이야기 아닌 거 알잖아."

도진은 픽 웃더니 미팅 룸을 향해 걸음을 옮겼다. 곧은 그림자가 바짝 다가오다가 둘을 지나치는 순간 귓전에 한마디가 울렸다.

"살인자."

15

도진은 아무렇지도 않게 미팅 룸으로 들어갔지만 서아는
똑똑히 들었다. 현도 들었을 것이다. 현은 몸을 돌려 따라 들어
가거나 뒤를 돌아보지 않고 그대로 걸음을 옮겼다. 맨들거리는
인조 대리석 복도 위로 텅, 텅, 텅, 하는 걸음 소리가 쌓였다. 바
로 앞에서 울리는 소리인데도 멀게만 느껴졌다.

"미안해. 아무것도 아니야."

건물 밖으로 나오고서야 현의 입이 열렸다. 뭐가 미안한지,
뭐가 아무것도 아닌지 설명은 없었지만 서아는 고개를 끄덕였
다. 무엇이 진실이건 간에 지금은 혼자 있고 싶었다. 현은 연구
동으로 방향을 틀었고 서아는 기숙사로 향했다.

돌아가는 길은 어두웠다. 지나다니는 학생들도 무채색에

가까웠다. 노을이 어둠에 잠기면서 온 색깔을 거두어 가는 듯했다. 창문들은 새하얗게 빛나는 사각형이었고 그늘에 뒤덮인 건물은 검은 덩어리로 변해 있었다. 그 덩어리가 가로수 너머, 조각상 구조물 너머, 능선 너머 그림자와 땅이 뒤섞이는 자리 곳곳에 솟아 있었다. 마치 어둠 속에서 기어 올라오는 괴물처럼. 게임의 그 괴물들처럼.

서아는 학생들을 밀치며 달리기 시작했다. 속도를 높일수록 높다란 건물 그림자가 서아를 향해 쏟아졌다. 그 뒤편에 도사리고 있는 회사의 이름. 세강, 센스/네트, 이모지 제국, 마너크, 태시어 애시풀, 미쓰비시-제넨테크······ 그리고 덱스컴. 서아는 묻기 시작했다. 덱스컴이 게임을 알고 있다면, 우연이 죽은 게 사고가 아니라면, 현이 살인자라면, 뭐지? 무슨 일이 있었던 거지? 그게 나한테 무슨 의미지?

질문은 이어지고 이어지다가 공백만을 남겼다. 자신이 정확히 무엇을 두려워하는지도 알 수가 없었다. 알 수 없다는 사실이 두려웠다. 계속 달리던 서아는 완연한 어둠이 사방을 감싸고서야 속도를 줄였다. 숨이 목 끝까지 찬 채로 주위를 둘러보자 길목에 선 홀로그램 광고판이 시야에 들어왔다. 정장을 차려입은 남자가 어떤 회사의 사내 견학 제도를 알리다가 휙 모습을 바꿨다. 이제 광고판에는 로봇 산업 박람회 일정이 떠 있다.

― 안녕하세요, 추가 정보가 궁금하신가요?

스피커의 목소리를 한 귀로 흘린 서아는 광고판 한가운데에 손을 밀어 넣었다. 얇은 라텍스 장갑을 낀 것처럼 피부가 하얀색으로 물들었다. 빛 덩어리는 안개를 곱게 펼쳐 놓은 듯 부드러웠지만 섬찟한 불쾌감이, 한 번도 느껴 본 적 없지만 왠지 익숙한 감각이 밀려들었다. 무언가를 빼앗긴 기분이었다. 애당초 갖고 있었는지조차 모를 무엇.

화들짝 뒷걸음질 친 서아는 기숙사까지 조용히 걸었고, 기숙사 건물 앞에 이르른 뒤에도 한동안 그 둘레를 돌아다녔다. 가쁜 호흡도 두근대는 심장도 잠잠해질 때까지.

이제 머리는 완전히 맑아졌다. 해야 할 일도 알았다. 연구실을 옮겼다지만 도진은 결국 덱스컴 계열 소속일 것이다. 덱스컴 소속 연구실은 모두 네 군데. 학사 행정 시스템에서는 연구실과 소속 학생을 조회할 수 있다…….

11층으로 향하는 엘리베이터에 몸을 실은 채, 서아는 자신이 영악하게 굴고 있는 건 아닐까 자문해 보았다. 이건 어쩌면 현이나 하율에게 물어보는 것만으로 끝나는 일일지 모른다. 함부로 도진에게 연락했다가는 고마운 사람을 잃을 수도 있었다. 진솔이 도진과 계속 만나는 사이라는 점도 마음에 걸렸다. 그렇다고 해서 이선에게 가는 건, 그것대로 껄끄러웠다. 이게 대체

뭐지.

방향타도 지도도 잃어버린 채 바다 한복판을 표류하는 것만 같았다. 서아는 기숙사에 돌아온 뒤로도 오래도록 벽에 이마를 붙이고 서 있다가, 마음을 정했다.

×　×　×

이튿날 아침, 서아는 3A동을 지나쳤다.

도진이 소속된 연구실은 다른 건물에 자리 잡고 있었다. 훨씬 새 건물이고 오가는 사람이 많은 곳이었다. 널찍한 중앙 통로에 설치된 홀로그램 영사기가 하얀 벽에 숲의 풍경을 덧그렸다. 어디에서 퍼지는지 모를, 상쾌하고 서늘한 방향제 냄새. 오른쪽으로 꺾자 초록색 기운이 달아나면서 매끈한 인조 대리석 복도가 나타났다.

서아는 304호 앞에서 고개를 수그리고 있던 이선의 모습을 떠올리며, 자신이 비슷한 일을 하러 가고 있다는 사실이 우습고 끔찍하다고 느꼈다. 차이가 있다면 서아가 조금 더 적극적이라는 점이었다. 호출 벨을 눌러서 나온 사람에게 도진을 불러 달라고 했다.

복도로 나온 도진은 서아를 보고는 얼굴을 굳히더니, 말없이 연구실로 들어갔다가 몇 분쯤이 지나서 다시 나타났다.

"현이 옆에 있었던 애지?"

"맞아요."

"왜 왔어?"

"게임 관련으로 물어볼 게 있어요. 어제 마지막으로 하신 말씀도 그렇고요."

고개를 까닥인 도진은 따라오라는 듯 중앙 통로 쪽으로 성큼 걸음을 옮겼다. 둘은 건물을 빠져나와 소공원으로 이어지는 길에 접어들었다. 이른 아침이라 그런지 사람이 거의 없었다. 안내용 드론 하나가 근처로 다가오더니 어깨 높이에서 등속으로 비행했다. 배달용 드론과 달리 음성 인식 기능이 탑재되었고, 연구동과 학생 구역 바깥을 돌아다니는 학생들에게 말을 붙이는 물건이었다. 맑고 높은 기계음과 함께 허공에 나타나는 메시지 상자—'무엇을 도와드릴까요?'

"됐어, 저리 가. 따라오면 박살 내 버릴 테니까."

도진은 귀찮은 벌레라도 쫓듯이 손을 내젓고서는 길을 벗어나 소공원 깊숙한 곳으로 들어갔다. 소공원과 수목원의 경계였다. 하늘을 향해 그물을 던지듯 자라난 나무들. 빼곡히 겹친 잎사귀가 바닥에 초록색 어둠을 드리웠고, 그 사이로 빛 조각이 맺히면서 투명하고 거대한 비눗방울 같은 상(像)을 이뤘다. 도진은 진공 같은 침묵 속에 발을 들였고, 조금 더 낮아진 목소리로 말했다.

"저것들, 감시 카메라 기능이 있어."

"알아요. 소공원에서 일부러 나뭇가지를 부러뜨리고 다니는 애들이 있으니까, 기물 파손범이 누구인지 알아야 벌점을 주잖아요. 화재 예방에도 필요하고요. 대화는 녹음하지 않아요."

"어쨌든 난 싫어."

도진은 질린 눈으로 서아를 바라보았고, 이어 물었다.

"궁금한 게 뭐야?"

서아는 이선을 만난 일부터 진솔과 나눈 대화까지를 차례대로 읊었다. 알고 있는 것, 모를지라도 충분히 짐작할 수 있는 것, 순전히 추측이기만 한 것도 말했다. 우연 선배의 죽음이 단순한 사고가 아니라는 건 알겠지만 연구실 사람들에게 직접 물어보기엔 껄끄럽다고 덧붙였다. 그렇게 설명이 끝났을 때 도진의 표정은 부쩍 싸늘해져 있었다.

"알면 어쩌려고. 현이 우연 선배를 죽였으면 어쩔 거고 내가 괜히 시비를 걸었으면 어쩔 거야. 행정처로 달려가서 이르기라도 할 거야? 기자라도 부를래? 생각은 해 봤어?"

"생각은 해 봤어요."

"뭐."

"솔직히 말해도 돼요?"

"사실대로."

사실대로, 라고. 서아는 여전히 어떤 면에서는 현과 하율을 믿었다. 그 둘이 나쁜 마음을 품고 있진 않으리라는 믿음, 게임이 학생들에게 도움을 주고 있다는 믿음이었다. 첫인상이 남긴 착각일지 모르겠지만 아직은 그 착각을 간직하고 싶었다. 그리고 그 착각을 이어 가지 못하게 되면…….

"아마 연구실에는 계속 다니겠죠. 선배님이 무슨 말을 하든 아무것도 못 들은 셈 칠 수도 있고요. 솔직히 저는 얻을 게 없는데도 미래를 내버릴 수 있는 사람은 아니에요. 그래서 억울하다는 생각도 들어요."

"그래? 왜?"

"제때 연구실을 구한 애들은 이런 걱정은 떠올리지도 않을 텐데, 저는 죽은 선배 때문에 잠도 못 잤으니까요. 가만있으면 비겁한 사람이고 뭐라도 하면 인생이 완전히 뒤집힐 텐데, 둘 중 어느 것도 좋지만은 않으니까요. 세상이 주사위를 굴려서 저한테 정의의 마법소녀 역할을 뒤집어씌운 기분이에요. 전 진짜 마법소녀도 아닌 데다가 아무 준비도 안 됐는데. 아직 3학년이고, 덱스컴처럼 사내 변호사를 두고 있지도 않고, 취직해서 돈을 벌어야 먹고살 수 있어요. 뉴스에 나온다 해도 방송사가 저를 평생 먹여 살리진 않겠죠. 저한테 용감하다면서 박수를 보내 주는 사람들도 그러진 않을 테고요. 애초에 학교부터가 이걸 덮고 넘어가서 저만 이상한 애가 될지도 몰라요. 그건 싫어요."

"솔직하네."

"그러면, 말해 주실 거예요?"

"아무것도 안 할 거라고 했지. 그러면 알아 봤자 쓸모도 없잖아. 가서 살던 대로 살아."

"제가 비겁하다고 생각하세요?"

"나만큼은."

"저도 그렇게 생각해요. 그러니까 이왕 비겁해질 거라면 제가 정확히 어떤 점에서 비겁한지 알아 둘래요. 어쩔 수 없었다거나 몰랐다거나 하는 말로 변명하는 게 아니라, 솔직해지고 싶어요. 제가 뭘 외면하고 있는지, 뭘 슬퍼해야 하는지, 뭘 기억해야 하는지 똑바로 알고 싶어요. 알아야 해요. 제가 평범하게 겁 많은 사람이라서 정의의 용사가 될 수 없다면, 적어도 그것만큼은 해야 할 거예요."

"자기만족이야."

도진은 촌평했고, 잠시 뒤에 이어 말했다.

"아주 가끔, 목요일이 아닌 날에 암호가 걸린 채로 게임이 열려. 서버 상태 확인 프로그램을 짜 뒀다가, 그때 들어가서 직접 봐. 내가 아는 암호를 말해 줄게."

× × ×

기숙사로 돌아온 서아는 도진이 시킨 대로 간단한 프로그램을 짜서 태블릿에 설치했다. 15분 간격으로 현의 서버에 접속 신호를 쏜 다음 응답 결과에 따라 다른 동작을 보이는 프로그램이었다. 서버가 닫혀 있을 동안에는 아무 반응을 나타내지 않지만, 열려 있다면 학내 메신저에 공백으로 된 메시지를 보내 줄 것이다.

그리고 한동안 평범한 나날이 흘러갔다. 현은 진솔이니 도진이니 우연이니 하는 이름들은 입에 담지 않았고 서아도 그 주제를 쉽게 꺼내지 못했다. 간간이 이선이 현을 찾아왔는데 무슨 이야기를 하는지는 몰랐다. 그렇게 몇 주가 흘러 당시의 기분이 점점 막연해질 무렵, 도진과 나눴던 대화마저도 과한 걱정과 긴장이 빚어낸 코미디처럼 느껴질 무렵, 이상한 순간이 서아에게 다가왔다.

현이 늦던 날이었다. 이선이 갑자기 와서 서아를 3A동 밖으로 데려갔다. 소공원에서 둘이서만 할 말이 있다고 했다. 거절할 말이 마땅치 않아 따라가던 도중 현이 와서 서아를 붙들었다. 한참을 달려온 듯 얼굴이 잔뜩 붉어져 있었다.

숨을 몰아쉬던 현이 이선에게 따지듯 말했다.

"지금 뭐 하자는 거예요?"

"얘기 좀 하겠다는데 왜 그래? 넌 들어 주지도 않잖아?"

이선이 웃으며 답했고 현은 이선을 노려보았다.

"가서 말해요. 쟤 앞에서 할 말 아니니까."

현은 서아에게 연구실에 가 있으라고 한 다음 이선과 함께 소공원으로 향했다. 두통을 억누르려는 듯 한쪽 손을 눈가에 얹은 채였다. 당혹스럽고 난처했지만 달리 뾰족한 수가 없어서, 서아는 돌아가서 하던 일에 몰두했다. 그러지 않으면 불안이 정수리를 뚫고 나올 것만 같았다.

메신저에 공백 메시지가 날아든 시점은 밤이 되어 하율도 퇴근한 뒤였다.

처음에는 공백 메시지의 뜻을 떠올려 내지 못했고, 떠올린 다음에는 머릿속이 텅 비었다.

서아는 태블릿이든 뭐든, 짐을 챙기지도 않은 채 중앙로를 따라 달려 내려갔다.

16

울창한 숲을 배경 삼아, 들판의 정경이 서아의 눈앞에 펼쳐졌다. 마을을 막 나와 외곽으로 접어드는 길목이었다. 시냇물이 과격한 궤적을 그리는 롤러코스터처럼 허공으로 치솟아 빙글원을 만들었다가 제자리로 돌아가고 있었다. 저 멀리에는 한데 몰려다니는 꽃잎들이 거대한 동물 형상을 이루었다. 분홍색, 연보라색, 하늘색 곰. 서로 손을 맞잡고 웃다가 꽃잎 무더기에 휩쓸려서 산산이 흩어지고 마는 아이들. NPC니까 걱정할 필요는 없다.

어쨌든 여전히 게임이구나. 서아는 그렇게 중얼거리면서 홀로그램 지도를 열려 했지만 보이는 건 타이머뿐이었다. 22분. 준비 시간이 끝날 때까지, 게임 시간으로 22분. 자신이 마녀 복장이 아니라 반소매 티셔츠를 입고 있다는 사실을 깨달은 건 그 다음이었다. 관리자 권한과 함께 몇몇 기능이 사라진 모양이었다. 정규 일정이 아니어서 그런가, 아니면 뜻밖의 인물이 접속한 걸 보고 권한을 빼앗은 건가.

둘 중 어느 쪽이든 간에 추방당할 일은 없겠지만 지도가 없으니 난처했다. 별구름도 불러내지 못했다. 현이 어디에 있는지 알아보려면 불확실한 가능성에 기댄 채 걸어야 했다. 서아는 마을 방향을 힐끔 바라보았다가 정면으로 시선을 옮겼다. 이선을 처음 만난 지도의 끝이 저 멀리에, 숲 너머에 있었다. 여기에 있는 사람이 현과 이선이라면, 서버가 이선을 위해 열렸다면, 둘은 거기에 있을 것이다. 이선은 곧잘 거기에서 우연을 만났으므로.

억측일지 모르겠지만 지금 믿을 구석은 그것뿐이다.

21분.

서아는 깊이 숨을 들이쉬고는 달렸다. 숲의 한 귀퉁이는 네온광을 내뿜는 유리 섬유 뭉치였다. 시간을 정확히 맞추어 삶은 파스타처럼, 심지는 새하얀 빛깔이고 테두리로 갈수록 선명한 색을 발하는 갈래들. 그 사이로 뛰어들자 빛이 갑자기 후퇴하며 냄새만을 남겼다. 달콤하거나, 청량하거나, 부드럽고 향긋한 냄새가 귀와 눈과 입에 스몄다. 머리가 지끈거리며 아팠다.

13분.

서아는 계속 달렸다. 어느 순간 보석과 황금으로 이루어진 잎사귀들이 머리 위에서 일제히 흔들리며 챙그랑 소리를 내기 시작했다. 깨져 나간 조각은 바닥으로 떨어지자마자 녹아 진득한 웅덩이로 변했다. 웅덩이에서 가지가 돋아나고 몸통이 솟아나고 뿌리가 만들어진다…… 여전히 모든 것이 그 자리에 있다. 모든 것이 살덩어리다.

7분.

서로를 감싸는 팔들이 땅에서 뻗어 나와 덩굴나무 같은 형상을 이룬다. 그 손이 붙잡은 것은 긴 줄에 매달린 방울. 또는 시신경에 매달린 안구. 눈동자가 사방에서, 사방에서 서아를 내려다보았다. 걸음을 내디딜 때마다 생기 넘치는 탄력이 몸을 쳐올리더니 어느 순간 살덩어리가 한순간에 말라비틀어지면서 뼈가 곳곳에서 솟아 나왔다. 근육도 피도 살도 없이, 새하얗고 아름답게 고고한 뼈. 거인의 다리처럼 하늘 까마득히 솟은 석회질 기둥은 바닥에도 그만큼의 그림자를 놓고 있었다.

3분.

그리고 갑자기, 발밑이 텅 비었다. 무한한 어둠 아래 번지듯 나타났다 사라지는, 소문자와 대문자와 숫자들의 무작위한 배열. 문자열은 아무것도 말하지 않는 방식으로 무어라 속삭이는 듯했다.

1분.

서아는 숲이 끝나는 자리에서 걸음을 뚝 멈추고 뒤를 돌아보았다. 나무들은 수목원에서 흔히 볼 수 있는 것처럼 몸체가 갈색이고 초록색 잎으로 단장하고 있었다. 하지만 고개를 조금 틀면 투명한 입방체가 그 위에 겹쳐 보였다. 또는 하얗게 불타오르는 유리 섬유 다발이. 복잡한 뜨개질 패턴처럼 이어지는 문자열이. 무엇이든 좋다.

서아는 무릎까지 오는 들풀을 헤치며 다시 달렸다. 수백 걸음 앞에 검은 마녀와 이선이 서 있었다. 하늘 높이 치솟아 올라가는 아지랑이를 올려다보면서. 뭔가 이야기를 나누면서.

그리고 0분.

아지랑이가 산산이 깨지는 동시에 땅의 끄트머리가 무너져 내렸다. 초록색 문자들이 물거품처럼 부글거리며 한데 모였다가 흩어졌다가 했다. 그 틈새로 솟아 나오는 거대한 검은색 주둥이. 톱니 같은 이빨들은 괴물의 턱에서 돋아난 것이 아니라 그 자체로 두개골의 일부였다. 이선은 삶의 끝마저 기꺼이 끌어안으려는 것처럼, 두 팔을 벌린 채 거대한 주둥이를 향해 걸었다.

뭐라고 말해야 하지? 어떻게 해야 하지?

단어는 어디에도 없었고 현실의 봄보다도 더 봄철 같은 날씨가 포르말린 용액처럼 사지를 고정시켰다. 눈부실 것도 우울할 것도 없이 알맞은 세기로 내리쬐는 햇볕. 현의 곁에 선 서아는 조용히, 이선의 마지막 모습을 지켜보며 부드러운 산들바람을 느꼈다. 들풀이 쏴아아 소리를 내며 기울어지더니 어딘가에서 은은한 꽃 내음이 났다. 그리고 이선이 죽었다.

그제야 현이 전원이 들어온 로봇처럼 삐거덕거렸다. 굳은 관절을 풀려는 듯 고개를 수그렸다 폈고, 한쪽 팔을 쭉 뻗었다 몸에 붙였다. 그러고는 무심코 옆으로 몸을 돌려 서아를 바라보았다. 있어서는 안 되는 것을 보았다는 양, 현의 표정이 공포로 물들었다. 크게 부릅뜬 두 눈. 그 눈동자를 마주 들여다보자 세계가 분리되기 시작했다.

초록색이 들풀을 벗어나 허공에 머물렀고 땅은 햇볕을 가두며 절반으로 접혔다.

완전한 어둠 속에 보이는 두 낱말.

Session Ended.

이번에는 세션 만료가 아니라 세션 종료였다. 종료. 만료와 종료의 차이를 다시금 생각해 보려던 찰나, 발밑에서 축포가 터지며 반짝이는 비닐 조각들을 쏘아 올렸다. 색색이고 화려했다. 그 너머로 이선의 얼굴이 튀어나왔다가 뒤로 훅 물러났다. 그리고 오래된 필름이 풀리듯 다른 아이들의 얼굴이 간격을 두고 나타나면서, 서아와 현의 둘레를 휘감아 돌았다.

현이 서아의 손목을 붙잡았다.

서아는 그 손길을 뿌리치고 죽음으로 이루어진 회전 모빌 사이로 걸어 들어갔다. 한 겹의 원환을 지나자 우연의 얼굴이 나왔다. 서아는 과거를 향해 손을 뻗었고…….

× × ×

녹화된 공간 영상.

다시 지도의 끄트머리였다. 서아는 투명한 유령이 되어 세 명의 마녀를 지켜보았다. 하얀 마녀는 처음부터 그 자리에 서 있었고 다른 둘은 조금 늦게 도착했다. 괴물은 허리를 구부린 채 앉아 있는 거인이었다. 거인이 하얀 마녀를 손으로 쥐어 들자 회색 마녀가 실타래를 쏘아 보냈다. 실타래는 무게추 삼아 바닥에 놓인 별구름과 이어지면서 두 팔이 더 위로 올라가지 않게끔 막았다. 그 틈을 타 검은 마녀가 하얀 마녀에게로 다가갔다.

왕자가 공주를 구하러 가는 동화의 마지막 장면처럼.

공주가 왕자에게 무언가 말했다.

왕자는 고개를 설레설레 젓고는 뒤로 물러났다.

그리고 검은 마녀의 실타래가 회색 마녀의 실타래를 끊었다. 괴물은 풀려나자마자 하얀 마녀를 과자처럼 입 속에 털어 넣었다. 회색 마녀는 망연자실한 표정으로 그 광경을 지켜보고 만 있었다. 그렇게 다시 땅이 반으로 접히면서…….

×　×　×

서아는 서버에서 튕겨 나왔다.

기숙사 방의 익숙한 천장이 눈앞에 있었다. 머릿속이 새하얬고, 심장이 조금 두근거렸고, 현기증이 일었고, 한편으로는 아무렇지도 않았다.

언제나 그랬던 것처럼 닫힌 커튼 사이로 가로등 불빛이 비쳐 들어왔고 사방의 벽은 여전히 철근과 콘크리트였다. 가상 공간 접속기의 전선은 벽면의 콘센트와 이어지고 콘센트는 다시 매설된 전선들로 이어진다. 마치 땅에 묻힌 핏줄들처럼. 우연과 이선의 죽음은 그 핏줄을 따라 흐르다가 사라지는 데이터 신호 중 하나에 불과했다.

아니야, 아직 안 늦었어.

서아는 벌떡 일어나 그 말을 중얼거렸다. 괴물에게 잡아먹히는 상황이 뇌출혈을 일으킬지라도, 뇌출혈이 죽음으로 변하기까지는 시간이 조금 있었다. 하루나 이틀 정도. 지금 당장 의료 센터로 간다면 이선은 목숨을 부지할 수 있었다. 그것만큼은 분명했다.

그런데 그다음엔 어떻게 되는 거지? 치료비는 그대로 이선에게 청구될 테고 이선은 후원사를 얻을 가망이 없었다. 게임에 얽힌 사연도 밝혀질 테니 다들 곤란해졌다. 그러니까 이선이 가만히 죽어 가게 내버려 둬야 하는 걸까? 후회가 일면 알아서 의료 센터를 찾으리라 믿으면서? 스스로 선택한 죽음이니까 괜찮은 건가? 그게 어떻게 괜찮을 수가 있어?

응급 전화에 대고 이선의 이름을 읊고 싶지는 않았다. 그건 이선에게나 현에게나 잔인한 일이었고 무책임하기까지 했다. 하지만 이게 다 괜찮다고 말할 마음도 없었다. 사람이 죽었는데. 현이 사람을 죽였는데. 관리자들이 사람을 죽여 왔는데. 도진의 말이, 살인자라던 그 한마디가 귓전에 또렷이 울렸고 세션 종료 화면에 이어지던 영상이 떠올랐다.

현은 우연에게 어떤 이야기를 들었다. 그래서 실타래를 끊고 우연을 죽였다. 왜? 그때 우연은 이미 덱스컴과 계약한 상태였는데, 도대체 왜? 현은 왜 그랬고 또 우연은 왜 그랬지?

진솔이 우연을 두고, 생각이 너무 많았다고 평했던 게 떠올랐다. 그 생각이란 아마도 마녀의 일에 관한 생각이었을 것이다. 가망 없는 아이들의 자살을 돕는 일. 우연은 그런 죽음을 항상 마음에 담아 두었을 테고, 그 마음은 쌓이고 쌓이다가 어느 순간 죄책감 이상이 되었을 것이다…….

장식장 안의 수첩이 기억 속에 선명해지더니 거기에 무언가 적혀 있으리라는 계산이 섰다.

추측이 모두 틀릴지도 모르겠지만, 지금은 그걸 확인해야 했다. 우연이 어떤 사람이었는지 알아야 했다.

서아는 기숙사를 뛰쳐나가 중앙로를 따라 내달렸고, 쏟아져 들어가듯 304호에 도착했다. 탁자에 엎어진 태블릿이 벨 소리를 내고 있었다. 공백 메시지를 받았을 때, 급히 연구실을 나와 기숙사로 가느라 챙기지 못한 물건이었다. 현의 이름이 화면에 떠 있었다. 서아는 전화를 받았고, 말했다.

"저 지금 연구실이에요."

대답이 돌아오기 전에 통화를 끝내고 장식장으로 다가갔다. 문에는 잠금쇠가 없어서 그냥 열 수 있었다. 위 칸의 사진에는 마녀가 3명. 아래칸에 있는 수첩은 손바닥만큼 작은 크기. 첫 장을 펼치자 단정한 글씨체로 쓰인 문장이 눈에 들어왔다.

사육장에서 일하는 수의사는
가축을 돕는 걸까, 사육장의 주인을 돕는 걸까?
그걸 분리할 수 있을까?

다음 장.

괴물에게 먹힌 아이들을 매일 생각해.
네 생각도 매일 해.
그리고 이런 생각을 그만두고 싶다고 생각해.

다음 장.

사육장의 주인들은 한때 가축이었지.

다음 장.

이선아, 미안해.
난 약속을 지키고 싶어.
너는 내가 우습다고 생각하겠지.
미안해.

그리고 공백.
수첩을 내려놓은 서아는 방금 읽은 내용을 계속 곱씹었다.
아이들과 학교와 회사의 관계가, 학생과 졸업생의 관계가 느슨

한 구조를 갖춘 채 머릿속에서 굴러다녔다. 무사히 졸업해서 회사에 들어가기만 하면 멋진 삶이 펼쳐지기 때문에, 언젠가는 자신도 명함을 달고 아이들을 굽어볼 것이기 때문에, 학생은 회사와 학교에 불만을 품지 않는다. 그래서, 성과를 내지 못하고 빚에 짓눌리는 상황은 그 학생의 책임이자 잘못이 된다.

그렇다면 여기에서 게임의 역할은…….

철컥거리는 울림에 서아는 옆을 돌아보았다. 현이 어느새 들어와 문을 닫고 있었다. 눈이 마주치자마자 한 문장이 튀어나왔다. 아마도 통화에서 들어야 옳았을 소리였다.

"이건 네가 생각하는 그런 일은 아니야."

"오해는 안 해요. 조금은 알 것 같기도 해요."

서아는 현에게서 시선을 떼지 않은 채, 한쪽 손바닥으로 수첩을 감싸듯 짚었다.

"그러니까 무슨 일인지 말해 줘요."

현은 긴 설명을 시작했다.

3장
마녀의 일

17

이선과 우연은 풀밭 한가운데에 앉아 아지랑이를 올려다 보았다.

지도의 끝, 아지랑이는 서로 크기가 다르고 색이 다른 점들의 모임이었다. 경쾌한 어쿠스틱 기타와 젬베 박자에 맞추어 점들이 몸을 흔들었다. 무늬 유리를 사이에 두고 다른 세상의 마법을 구경하는 것만 같았다. 춤을 추던 사람의 형상은 어느 순간 굳어 가로등으로 변하고, 가로등 빛줄기는 바닥에서 꺾여 황금빛 강이 되고, 강에서는 카나리아들이 날아오른다…….

우연이 손뼉을 가볍게 치자 납작한 아지랑이 속을 맴돌던 새들이 갑자기 부풀어 허공으로 뛰쳐나왔다. 카나리아 떼가 밀물처럼 우연과 이선을 훑고 지나갔다. 햇살 냄새와 꿀 냄새가 섞여 났고 음악도 들렸다. 입 속에서 샛노란 깃털을 뱉어 낸 이선은 깔깔 웃음을 터뜨렸다.

그러다가 마른 몸이 광학적 장치에 갇힌 것처럼 빛을 난반사하며 투명해졌다. 깃털만이 어깨와 팔의 윤곽을 희미하게 그리며 거기에 무언가 있다는 사실을 알렸다. 깃털의 고리가 쑥 들려 올라가더니 우연의 머리 약간 위쪽편에서 맴돌았다. 촬영 현장의 조명등처럼. 조명등의 각도를 조절하는, 보이지 않는 누군가처럼.

그러고는 질문이 허공에 울렸다.

"이거야?"

"응, 이거 자체가 포트폴리오야. 지금까지 한 걸 전부 모았거든."

우연은 깃털이 모여든 자리 위편, 아마도 이선의 얼굴이 있을 곳을 올려다보며 답했다.

"말이라도 해 주지."

이선은 다시 앉았지만 몸은 여전히 투명했다. 한 해쯤 전에, 투명해지는 기능을 따로 추가해 준 뒤로 이선은 곧잘 유령처럼 돌아다녔다.

"난 네가 계약서를 쓴 줄도 몰랐는데. 현이가 말해 줘서 겨우 알았어."

"어차피 정해져 있던 일인데, 굳이 얘기할 필요는 없을 것 같아서. 나야 여기 있다 보면 어쨌든 덱스컴으로 가는 거잖아."

"그래도."

툭 던져지는 한마디에는 일말의 궁금증도 담겨 있지 않았다. 우연은 그런 목소리는 뻔한 거짓말에 대한 반작용으로만 튀어나온다고, 경멸과 너그러움의 가름선은 오로지 우호성에만 달려 있다고 믿는 편이었다. 그리고 그 기준에 비추어 보자면 우연과 이선의 사이는 좋은 편이 아니었다.

학년이 올라갈수록 이선의 존재는 습기가 차 부풀어 오르는 페인트처럼 우연의 삶에서 분리되었다. 생명 공학 연구실과 가상 공간 연구실의 거리, 곧 계약서를 쓸 사람의 거리와 가망이 없는 사람의 거리는 숫자로도 잴 수 있는 것이었다. 함께 다닐지라도 오가는 말은 공허했고 침묵은 비명을 덮기 위해서만 존재했다. 그러다가도 가끔, 이선은 농담인 척 괴물에게 잡아먹히는 이야기를 꺼냈는데 그건 이선이 가장 정직해지는 순간이었다. 우연은 그 솔직성에 응답할 수 없었으므로 이선을 바라보지도 못했다.

"너한테 내 얘기하기가 미안했던 것 같아."

"미안하긴 뭐가 미안해, 네가 잘해서 잘된 걸 가지고. 난 친구끼리 뭐 숨기는 게 더 싫더라. 너 요새는 나한테 아무 말도 안

하잖아. 저번에, 내가 새벽에 울면서 전화했을 때부터 그랬던
가."

"아니, 그런 건 아니야. 그냥…… 바빴어."

"귀찮았다고 해도 돼. 그땐 내가 정말 제정신이 아니었거
든. 전화로 괴물 얘기를 하다니, 미친 거지."

높다란 웃음소리가 났다. 이선은 껄끄러운 공기가 다가올
때마다 일부러 소리 내서 웃었기 때문에 그 울림은 언제부터인
가 긴 정적의 예고편 같은 게 됐다. 확 가라앉은 분위기 속에서
우연은 자문해 보았다. 솔직해질 계기가 생긴 건 좋은 일일까,
아니면 외면하던 거리를 새삼 확인하게 됐으니 나쁜 일일까. 그
러다가 어느 순간 이선이 다시 말했다.

"요새는 애들이 하나씩 다른 세상으로 넘어가는 기분이 들
어. 기분이 아니라 사실이겠지. 그래서인지 남들이 내 눈치를
보면 더 언짢아져. 알 자격도 없이, 완전히 내버려지는 것만 같
거든."

이선은 성장이란 시간에 벽을 세우는 일일 거라고 말했다.
이어지는 길의 어느 한 부분에 담장을 놓아서, 그 이전은 넘겨
다보지 못하게 막는 거라고. 그렇게 지난 시간을 차례차례 잊는
작업일 거라고. 학생들이 어릴 때 이야기에 관심이 없고 기업체
에 들어간 선배들이 학교를 흐릿한 추억으로만 기억하듯이. 그

런데 자신은 잊는 쪽이 아니라 잊히는 쪽 같아서, 무섭다고도
했다.

우연은 그 이야기까지 들은 뒤에야 미안함의 근원을 다시
금 떠올려 냈다.

"나는…… 다음 관리자로 현이나 도진이 아니라 널 불렀어
야 했다고 생각해."

두 해 전, 현과 도진은 하율의 연구실에 합류했다. 정확히
말하자면 우연이 그 안건을 밀어붙였기 때문에 그렇게 되었다.
신규 학생이 둘로 늘어나자 덱스컴은 불편한 기색을 내비쳤다.
게임 소스를 연구용으로 쓰는 게 공공연한 비밀일지라도, 어쨌
든 그건 비밀로만 남아야 하는 사안이었다.

위험성이 효용을 뛰어넘는 순간, 덱스컴은 언제든 연구실
을 닫을 준비가 되어 있었다. 그들이 생각하는 보안이란 주로
연구실 정원에 좌우되는 것이었다. 비밀을 지키기 위해서라면
선배 한 명과 후배 한 명이 딱 알맞았다. 그것은 관리자 제도가
유지될 수 있는 최소한이기도 했다.

우연은 그 제한이 너무 엄격하다고 느꼈고, 한편으로는 죄
책감에 쫓기고 있었다. 그때 우연이 괴물에게 먹인 학생의 수는
둘이었다. 둘. 괴물에게 잡아먹히는 것과 빚에 잡아먹히는 것
사이에서 선택해야 했던 아이들이었다. 예전 관리자의 선택을

받지 못한 아이들이기도 했다.

둘이, 또는 그 이상이 죽게 내버려 둬서 바꿀 수 있는 게 고작 한 명의 삶이라면 불합리하다는 게 우연의 생각이었다. 형평에 맞으려면 똑같은 수가 되어야 했다. 하율도 우연의 주장에 동의했고, 덱스컴과의 협상에 나섰다. 한 달 동안을 논의한 끝에야 도진과 현을 모두 연구실 소속으로 올릴 수 있었다. 그게 2년 전의 일이었다.

그 기억은 일종의 뿌듯함으로 남았지만, 하나보다는 둘이 낫다는 사실을 우연도 알았지만, 가끔은 이기심에 가까운 후회가 불쑥불쑥 올라왔다. 자신이 불러온 사람이 이선이었더라면 어땠을까.

그때 이선은 4학년이고 생명 공학 연구실에 소속되어 있었다. 상황은 지금처럼 좋지 않았다. 연구실을 구하는 것만으로 고민거리가 모두 사라지는 건 아니니까. 오히려 거기부터가 다시 시작이었다. 연구 분야에 소질이 있어야 했고 연구실 분위기도 중요했다. 엄격한 분위기에서 성과를 잘 내는 사람이 있으면 그 반대도 있는 법이었다. 맞지 않는 곳에 이름을 올렸다가는 시간만 낭비하면서, 가지 않은 길을 후회하기 일쑤였다.

이선도 똑같은 경우였다.

"그때 네가 연구실에 왔으면 이런 이야기를 할 필요도 없었을 텐데. 그거보다는 가상 공간 쪽이 더 잘 맞았을 수도 있으니까……."

"지겹게 또 그 얘기야. 벌써 2년이나 됐는데. 나 그때 4학년이었잖아. 4학년에 연구실 옮기면 졸업 유예까지 해야 하는 거 알지. 그러면 계약서 조건 맞추기 어려워진다고."

이선은 아무렇지 않다는 듯 웃었지만 우연은 거기 담긴 게 용서나 관용만은 아닐 거라고, 굳이 따지면 포기에 가까울 거라고 느꼈다. 어쨌든 지난 순간을 아쉬워하기에는 시간이 한참이나 흘렀던 것이다. 사실 그건 우연에게도 마찬가지였다. 이제 두 해 전의 질문은 길이가 배로 늘어나 있었다. 자신이 불러온 사람이 이선이었더라면 어땠을까. 또 다른 이유로 후회하지 않았을까.

관리자 일은 누구에게든 쉽게 권할 게 아니었다. 그게 덱스컴 입사로 가는 지름길일지라도 그랬다. 우연이 괴물에게 먹인 학생들의 수는 이제 넷이었다. 'Session Ended' 글자 아래의 얼굴들을 마주 본 다음이면 자신이 얼마나 운이 좋았는지 알 수 있었다. 스스로의 삶과 이 학생들의 삶을 맞바꾸고 있는 건 아닐까 싶기도 했다.

그러나 덱스컴의 입사 요건에는 이런 일이 포함되지 않았고, 좋은 연구 주제를 뽑아내기만 하면 아무래도 상관이 없었다. 빚을 두려워하는 아이들이 어떻게 되건 회사 소관은 아니었던 것이다. 그러니까 마녀의 일은 어느 정도 자발적이었다. 아이들을 고민 없이 괴물 앞에 데려다 놓는 것도 아니었다. 저학년생에게 부탁을 받으면 달래서 돌려보냈고, 고학년생에게는 선택을 되돌아볼 한 달간의 시간을 줬다.

한 달이 지나면 대부분은 마음을 바꿨다. 반면 결정을 고수하는 아이들에게는 저마다 절박함과 확신이 있었다. 가정 환경 때문에 빚을 감당할 수 없다거나, 완전히 지친 데다가 정신 건강 센터 상담도 소용이 없다거나 하는 식으로. 그런 애들은 부탁하는 방식부터가 조금씩 달랐다. 서버를 열어 주지 않으면 혼자서라도 죽겠다고 을러대기. 학교에 일러 버리겠다고 엄포를 놓기.

마음이 바뀌면 의료 센터에 가도 좋다고, 게임이 들켜서 관리자들이 곤란해질 걱정은 하지 않아도 된다고 덧붙이기까지 했지만 그런 일은 일어나지 않았다. 다들 자신의 기숙사 방에서 조용한 죽음을 맞은 다음 조용히 화장터로 들어갔다.

그렇게 침묵으로만 남은 것들이 우연을 괴롭혔다. 나는 그 아이들을 돕는 걸까, 아니면 때 이른 체념을 죽음과 교환해 주고 있는 걸까. 하지만 후자라 해도, 그 애들의 부탁을 어떻게 거절할 수 있을까. 무슨 사정인지도 모두 들었는데. 무슨 사정인지도…….

"이선아."

우연이 나지막한 목소리로 불렀다.

"으응."

"계약서 조건 이야기를 했잖아. 졸업 유예를 하면 조건이 나빠진다고."

"그렇지."

"비슷한 소리들 많은 거 알지. 2학년 중반에 연구실을 구하지 못하면 늦고, 졸업은 5학년이나 6학년에는 해야 한다고. 벌점이 많이 쌓이면 후원사 구하기가 어렵고. 그런데 이런 거, 좀 느슨해지면 훨씬 낫지 않을까."

우연은 그렇게 운을 떼고서는 학비 대납 제도부터가 불합리하다고 말하기 시작했다. 죽음과 취업 중에서 택일하는 것은 자유로운 선택이라고 하기 어려우니까, 자퇴를 택하고 빚더미에 짓눌리는 것과 졸업해서 연구원이 되는 것이 똑같은 선택일 수는 없을 거라고. 따라서 학교에 들어온 이상 학생들의 진로는 사실상 강제가 된다고. 그런데 이상하게도 학생들은 그 모든 것이 자신의 자유이자 자신의 책임이라고 믿어 버린다고 했다.

"사실 그게 모두 학생 책임일 수는 없을 거야. 가끔은 학교가 일부러 싸움을 붙이는 것처럼 느껴질 때도 있는걸. 그냥 달리기 시합을 하면 다들 적당히 뛸 텐데, 10등 아래로는 죽는 규칙이라면 누구든 전속력으로 뛸 거 아냐. 평균 속도야 엄청나게 올라가겠지만…… 그러다가 지친 사람은 그만 죽어 버리는 거지. 중간에 시합을 포기할 수도 없는데."

이선은 잠시 아무 말도 하지 않다가 작게 웃었다.

"우리가 예전에 자주 했던 소리잖아. 2학년쯤이었나, 그땐 둘 다 적응을 못 했으니까."

"2학년 때라고…… 그랬네. 기억도 못 하고 있었어. 아까는 게임 관리하면서 느낀 걸 말한 건데."

"4년 전이니까 잊을 만도 하지. 다들 2학년 때는 그 소리 하다가 연구실에 들어가자마자 잊어버리는걸. 다시 떠올릴 일도 웬만하면 없고."

"그렇네."

"그런데 이제, 나 같은 애들이 뒤늦게 그러면 무슨 대답이 돌아오는지 알아? 열심히 안 하고 지금껏 놀고서 세상 탓이나 하는 거래. 당연한 걸 가지고 따진다는 얘기지. 회사들이 자선 단체도 아닌데, 애들이 놀고만 있으면 회사가 학비를 대 줄 이유가 어디 있느냐는 거야. 교수님한테 들은 소리도 아니야. 같은 연구실 학생들이 그랬어. 위로해 주는 애들도, 지금부터라도 열심히 하면 잘될 거라는 소리나 하고. 그래서 이젠 그런 고민은 안 해. 너무 막막한 기분이 들거든."

"나한테 말하지 그랬어."

"너도 나한테 숨기는 게 있잖아. 그런 거야."

"미안."

우연은 잠시 망설이다가 사과했다. 그래야 할 것 같았다.

"아니야. 아무튼 난 정말 생각 안 해. 차라리 아무 회사나 붙잡고 노예 계약서를 쓰지 그런 고민은 하기 싫어. 완전히 길을 잃어버리는 느낌이거든. 그러니까 복잡한 이야기는 하지 말고 약속만 하나 해 줘."

"약속?"

"그냥, 다른 애들처럼 너무 멀어지진 않았으면 좋겠어. 네가 누구보다 잘나가는 연구원이 되더라도, 내가 아무것도 되지 못해도, 계속 이렇게 이야기를 하고 감추는 것 없이 지냈으면 좋겠어. 네 세상과 내 세상이 너무 달라지진 않았으면 좋겠어. 그게 다야."

"그거면 충분해?"

"어차피 넌 괴물은 불러 주지도 않을 텐데, 이걸로 만족해야지."

"음."

우연은 짧게 신음했다.

"그래도 해 주면 좋겠다. 졸업하기 전에 죽어야 학비 면제라구. 나 집에 돈 없는 거 알잖아. 나가서 뭘 해야 할지도 진짜 모르겠어. 연구실에 출근해서도 온종일 퍼즐 게임만 하거든. 예전엔 그래도 뭐든 해 보려 노력한 것 같은데 이젠 다 손을 놔 버려서.”

이선은 또다시, 어울리지 않는 톤으로 깔깔 웃었다. 진심을 농담인 척 묻으려는 투였다. 그때까지도 이선의 몸은 투명한 상태를 유지하고 있었다. 우연은 고개를 돌려 허공에 붕 뜬 깃털의 윤곽을 바라보았고, 그 사이 어디쯤에 있을 표정을 떠올리다가, 그만두었다.

우연에게는 더 많은 얼굴들이 있었다. ‘Session Ended’ 화면에서 시선을 약간 내리면 마주할 수 있는, 수십 개의 얼굴. 그것은 모두 짐작과 추측 바깥에 고정된 형태로 머물러 있었다. 수면 부족과 스트레스로 인한 뇌출혈이라는 진단이 각자의 절박함을 지웠다. 괴물을 불러낸다면 이선의 삶도 똑같이 압축될 것이다. 학교에 들어왔는데 일이 잘 풀리지 않았고, 초조한 마음으로 무리하다가, 그만 죽어 버렸다고. 과로사일 뿐이라고.

우연은 친구를 그렇게 요약하고 싶지 않았다.

“그래도 살긴 살아야지.”

이것도 어떻게 보면 이기심이겠지.

“응, 그러니까 약속해 달라는 거야. 앞으로도 나랑 아는 사이로 남아 줘. 그거면 충분해. 나도 이왕이면 살아 있는 게 좋으니까. 그리고 네가 날 잊지만 않으면 살아갈 수 있으니까."

우연은 맹세에 앞서 숨을 깊이 들이마셨고, 이기심을 곱씹었다. 2학년의 현과 도진이 아니라 4학년의 이선을 연구실에 데려왔어야 했다는 후회. 그 끝이 분명 좋진 않으리라 직감하면서도, 어쨌든 지금은 이선을 살려 두고 싶다는 소망. 문득 어떤 학생들에게 허락되는 위치란 둘뿐인지도 모르겠다는 생각이 들었다. 'Session Ended' 글자를 마주하거나, 그 너머에 안치되거나. 후자의 이름이 비극이라면 전자의 이름은 무엇일까. 비겁일까. 아무리 그래도 비겁쯤은 될 수 있는 걸까.

"약속."

이선의 재촉이 질문을 끊고 들어왔다.

"약속─."

우연은 마침표를 망설이듯이 속, 을 길게 발음했다.

18

약속, 이라고 읊자 언젠가 어길 계약서에 서명하는 기분이 들었다. 애정과 연민으로만 이루어진 계약은 돈으로 쓰인 것과는 달라서 배상 책임이나 위약금이 없기 마련이었다.

무책임한 사람이 되고 싶진 않았지만 지금의 소망이나 다짐은 미래를 말하기에는 항상 일렀다. 사람이 죽는 게임이나 우울한 친구는 이만 치워 버리고, 덱스컴 사옥의 매끈한 복도만이 남는 미래.

이선에게 포트폴리오를 보여 주고 며칠이 지나지 않아 진솔이 그 미래의 예고처럼 다가왔다. 회사 로고가 프린트된 머그컵과, 티셔츠와, 각종 액세서리는 덤이었다.

"홍보처에서 하나 받아 왔어. 출근하기 전에 미리 기분 내

두면 좋잖아."

씩 웃은 진솔은 양손 검지로, 보란 듯이 자기 가슴팍을 가리켰다. 덱스컴 본사에 견학을 갔을 때가 떠올랐다. 누가 시키지 않는데도 직원들은 회사 로고가 붙은 옷을 유니폼처럼 입고 다녔다. 검은 배경에 하얀 글자든, 하얀 배경에 붉은 글자든, 아니면 아예 후드 형태든 디자인은 다양했으므로 단조롭다는 느낌은 받지 않았다. 그렇지만 어쨌든 그 다양함이란 비둘기 깃털 무늬의 다양함 같은 것이라서 물고기나 생쥐는 찾아볼 수 없었다.

"감사합니다."

목소리에 떨떠름한 기색이 묻어나왔다. 진솔도 그걸 느꼈는지 말투가 조금 변했다.

"왜, 마음에 안 들어?"

"아뇨, 그건 아니고……."

우연은 진솔을 마주 보았다가, 시선을 피해 미팅 룸의 벽면을 응시하다가, 그만 솔직히 털어놓았다. 진솔도 한때는 게임 관리자였으니 자신의 기분을 이해할 것이다.

"두어 달 뒤면 정식 입사잖아요. 학교를 완전히 떠난다고 생각하니 마음이 복잡해서요."

"회사 생활도 학교랑 똑같아. 대형 프로젝트가 있고, 거기서 자기 역할 찾아서 맡고, 가끔 사람들 모아서 토이 프로젝트도 진행하고, 결과 잘 뽑히면 회사에서 지원금도 나오고 하는 거지. 걱정할 거 하나도 없고, 하던 대로만 하면 돼."

"음, 걱정된다기보다는, 다른 거예요. 완전히 다른 거."

우연은 자신이 네 명의 죽음을 지켜보았는데 그 넷과 자신 사이에는 별 차이가 없으리라고 말했다.

"전 운이 좋았어요. 저번 관리자님이 다른 학생을 골랐으면 역할이 뒤바뀌었을 수도 있는 일이잖아요. 그 넷 중 하나가 관리자고, 제가 잡아먹히는 쪽인 식으로. 그러니까 이건 어떻게 보면 한둘만 골라내서 기회를 주고 나머지를 죽이는 일인 거죠. 아니면 반대로, 모두를 돕는 일일지도 모르고요. 어쨌든 사정이 나쁜 애들은 해마다 생기니까. 그걸 어떻게 받아들여야 할지는 여전히 모르겠어요.

학교 자체가 문제라고 말할 수도 있겠지만 그게 끝이라고는 생각 안 해요. 저도 뭔가 책임감을 느껴야 하는 문제인데. 게다가 애들이 괴물한테 잡아먹히게 두는 건, 어떻게 보면 살인이잖아요. 죽은 애들이야 학비 때문에 그런 마음을 품었다 해도 제가 열어 줬다는 사실을 뺄 수는 없다고 보거든요. 항상 이런 고민을 해요. 그런데 회사에서 일하다 보면 다 잊어버리는 게 아닐까, 싶어서요."

우연이 말을 마치자마자 진솔이 의아하다는 듯 물었다.

"잊어버리는 게 문제야? 잊으면 안 되나?"

태연한 대답에 우연은 심장이 덜컥 내려앉았다.

"안 되죠."

"다른 학생들은 아무 고민도 안 하고 사는데?"

"걔들은 관리자가 아닌걸요."

"모를 수 있다는 건 특권이고 특혜야. 보통은 관리자가 되지 않아도 후원사를 구할 수 있으니까, 진로가 완전히 꼬인 애들 따위는 신경 쓸 필요가 없는 거지. 너는 그 평범한 학생들보다 운이 나빴을 뿐이고."

"제가 쓸데없는 고민을 하고 있다는 거예요?"

"얘는 알면서 물어."

"선배님이 그렇게 말씀하시면 안 되는 거 아닌가요."

"왜?"

"사람이 죽는 거요, 진솔 선배님이 먼저 시작하셨는걸요."

우연은 예전에 진솔이 직접 들려준 이야기를 기억하고 있었다. 치기 어린 마음으로, 몇몇 학생만 대상으로 게임을 운영하고 있었는데 그중 하나가 서버를 따로 열어 달라며 졸랐다고 했다. 접속 기록도 지울 테고 의료 센터에도 가지 않을 테니 제발 괴물을 불러 달라고. 그러지 않으면 학교에 일러바치겠다고.

그래서 진솔은 별수 없이, 조금은 그 애를 돕는 마음으로 서버를 열었다. 그전까지는 관리자의 역할에 죽음을 돕는 일이 포함되지 않았다.

"그땐 내가 어려서 그랬지. 지금은, 네가 안 하면 되는 거 아니야?"

"안 하면 된다뇨."

"서버 따로 열어 주기 싫으면 무시해도 되는 거 알잖아. 교수님한테 부탁하거나."

"네, 물론 그렇죠. 다른 선배들 있을 때는 교수님도 여러 번 대신 해 주셨다고 들었고요. 그런데 그런다고 해서 근본적으로 해결 되는 건 아니잖아요."

"어쨌든 너한테 강요한 사람 아무도 없어. 학교에서 문제 삼지를 않으니까 내버려 둘 뿐이지, 회사 쪽에서도 좋게는 안 본다고. 좋게 볼 리가 없지. 들키면 그거 덮느라 또 귀찮아질 텐데. 어차피 우린 악당이야. 남을 위한 일이라고 중얼거리면서 사람을 죽이는 연쇄 살인마지. 어쩔 수 없다고 감싸 줄 사람은 있겠지만, 그게 무조건 잘한 짓이라고 말할 사람은 세상 어디에도 없어."

심드렁한 말투에 피가 차가워졌다가 곧바로 뜨거워졌다. 진솔의 표정에 묘한 기운이 어린 듯도 했지만 우연은 깊이 생각하지 않고 쏘아붙였다. 무슨 속뜻이 있든 간에 그건 무책임한 소리였다. 이선이 떠올라서 더 그렇게 느껴졌는지도 몰랐다.

"선배님도 거절 못 하셨잖아요. 저도 마찬가지예요. 매일 찾아오고, 울고, 혼자서라도 죽겠다 그러는데 어떻게 안 된다고 해요. 진짜 자살 소동 난 적도 있다면서요. 게다가 사정까지 다 들었는데 걔들한테 열심히 살라고만 말하기도 어렵잖아요. 그건 정말 아무나 할 수 있는 소리인데. 아주 무책임한 소리인데."

"사실은 뭔가를 꼭 해 줘야 한다는 생각부터가 이상한 거야. 그건 책임감이 아니라 오만일 수 있어. 남들은 적당히 좋은 이야기만 해 주고 그냥 넘긴단 말이야. 누가 죽든 말든 신경도 안 쓰지. 난 너한테 나쁜 사람이 되라고 말하는 게 아니라 남들처럼만 하라고 말하는 거야. 그게 오히려 더 옳은지도 몰라."

"저는 그 남들이 아니니까 이러는 거예요. 제 친구 중에도 안 풀린 애가 하나 있고요. 고민을 할 수밖에 없는 거 아니에요?"

그게 도움이 맞는지는 생각하지 않기로 했다. 그 말에는 세 가지 생각이 서로를 지탱하고 옥죄는 퍼즐 조각처럼 얽혀 있었다. 어떻게든 살아가다 보면 행운을 만날 수 있는 게 세상인데, 기껏해야 스물 언저리인 학생들을 너무 일찍 죽음으로 몰아넣는 게 아닌가 하는 의문. 그렇다고 해서 기약 없는 행운을 기다리게끔 두는 건 좋은 일이냐는 반문. 그리고 마지막으로는, 어쨌든 죽음을 택할 아이들이라는 위안. 그 세 가지는 완벽한 해명은 아니었지만 최소한의 대답이 되어 주었다. 아직 이선에 대해서는 어떤 선택도 하고 있지 못할지라도.

진솔이 한숨을 내쉬었다.

"이것부터 묻자. 우리가 게임을 운영하면서, 학생들한테 뭐라도 해 주는 것 같니? 네가 그 애들을 정말로 돕고 있다고 생각해?"

여전히 목소리에는 별 감정이 묻어나지 않았지만, 조금 전까지와는 어딘가 달랐다. 우연은 진솔이 진지해지려나 보다 생각하면서 화를 가라앉혔다. 어쨌든 첫 번째 관리자가, 다른 관리자들보다 더 심한 일을 겪은 사람이 그런 소리를 진심으로 하지는 않으리라는 믿음도 있었다.

"아마도요. 애초에 꼭 죽으려는 애들만 있는 건 아니니까요. 기분 전환 삼아 쉬다 가는 애들이 더 많아요. 그리고 현이랑 도진이처럼, 저처럼, 관리자가 돼서 살아남은 경우도 있고요."

"그러면 그게 학교가 돌아가는 방식이랑 얼마나 다른 걸까?"

진솔은 게임조차도 학교의 일부라고 말했다. 어떤 아이들은 살리고 어떤 아이들은 죽이는 식으로 학교가 굴러가는데, 게임은 그런 원리가 조금 노골적으로 드러나는 장소일 뿐이라는 거였다. 게임의 존재가 학생에게 도움이 되는 건 사실이지만 그건 오로지 학교 안의 위로라고도 했다.

"예를 들어 보자. 여기가 경주마 사육장이고 네가 수의사라고 상상해 봐. 너는 병들거나 다친 말을 치료해 주고, 가망이 없다 싶으면 일찍 안락사를 시키기도 해. 살아남은 말들은 경주 성적에 따라 다른 값에 팔려 나가고 사육장은 돈을 벌지. 네가 선의를 베푸는 건 사실이지만 사육장 자체는 그대로인 거야. 경마를 시키지 않으면 다리가 부러지는 말도 없을 텐데."

"학교가 문제라는 말씀이시죠. 저도 알아요. 이선이랑도 그 얘기를 했으니까요. 괴물을 불러 주는 게 진짜 해결책은 아니라는 것도 알고요. 빚이 죽음보다 더 끔찍할 뿐이지, 그 애들이 정말로 죽음을 바라는 건 아니니까요. 너무 일찍 가능성을 없애 버리는 건지도 모르고요. 하지만…… 어쨌든 게임에는 의미가 있다고 생각해요."

"다시 말하지만 내 요지는, 우리가 무의미한 일을 했다는 게 아니야. 게임도 세상의 일부라는 걸 받아들이라는 거지. 도움도 죽음도, 세상의 방식 안에만 있는 거라고. 그렇게 생각하면 네가 남들보다 더 미안해하거나 더 큰 책임감을 느낄 필요는 없어."

학생들도 공범이라는 게 진솔의 주장이었다. 이런 상황에서는 먼저 속도를 줄이는 쪽이 죽게 마련이다. 반대로 그동안 앞서 나간 쪽은 그들만큼의 몫을 추가로 얻어 간다. 최소한 확정적으로 살아남는다. 게다가 결승선을 통과하기만 하면 경주를 구경하는 쪽으로 처지를 바꿀 수 있다. 사람에게는 기본적으로 욕심이 있으니까, 이렇게 되면 다 함께 그만두자는 말이 통하지 않는다. 서너 명이라면 몰라도 머릿수가 수천 수백이 되는 순간 누군가는 배신을 택한다. 그것도 꽤 많은 수가. 다들 그 사실을 안다…….

"결국 최선을 다해 내달리면서 스스로 기준을 높이는 학생들만 남는 거야. 그래서 대부분은 남이 어떻게 되든 자기랑은 아무 관련도 없다고 믿지. 눈앞에서 일어난 사건도 아니고, 알던 사이도 아니니까. 학교가 문제라고 말하면서도 자신이 그 일부라는 건 인정하지 않고. 사실은 모두가 서로를 죽이고 있는 건데 말이야."

"네, 그렇죠."

"다들 그러는데 우리가 더 큰 부담을 짊어질 필요는 없지. 운이 나빠서 학교의 내장을 보게 됐을 뿐이야. 그러니까 잊어. 지금까지 관리자들, 다 그랬어. 다 잊어버렸고. 너도 회사 생활하다 보면 한두 해 안에 잊어버리게 될 거야."

우연은 진술의 말을 이해했지만 의문은 남았다. 그렇다고 해서 고민을 내려놓아도 되는 건가. 어쨌든 이건 자살 조력이라는 죄목이 붙을 만한 일이었고, 학교가 아이들을 죽이고 또 공범으로 만든다는 것 자체도 분명한 문제였다. 다들 외면할지라도, 누군가는 세상을 똑바로 바라볼 필요가 있다는 게 우연의 생각이었다. 그건 아마도 모두의 책임이어야 할 것이다.

"그래도, 잊어버리고 싶지 않아요. 제가 처음에 말한 것도, 선배님이 지금 말씀하신 것도요."

"왜 힘든 일을 하려 그래?"

그게 옳은 방향이니까.

잠깐만, 그런데 이 대화가 옳고 그름을 따지려고 시작된 거였나?

그제야 우연은 진짜 이유를 다시금 떠올렸다. 이선과의 약속 때문에, 또는 이선의 존재 때문에 그랬다. 지금까지 오간 대화에 사실 아무 의미가 없었다는 깨달음이 번쩍이듯 뇌리를 쳤다. 직시하는 책임 또한 어떤 면에서는 공허했다. 세상에 대한 진단은 한 사람을 돕기 어려웠고, 문제를 똑바로 바라본다고 해서 이선과 자신의 관계가 바뀌는 것은 아니었다.

우연은 다정함이나 우정이나 배려나 아무튼 훌륭하고 좋은 것들이 우호적인 말투와 따뜻한 웃음만으로 이루어진다면 참 편하리라고 생각했다. 하지만 태도는 주변 환경과 상황에 따른 화학 반응에 불과했고 본질은 고민 그 자체에 있었다. 무엇이 다정함이고 무엇이 우정이고 무엇이 배려인지에 대한 고민. 그런데 고민이 항상 정답을 가져오는 것은 아니니까 이선은 앞으로도 계속, 농담인 척 안락사 이야기를 꺼낼 것이다. 그럴 때마다 자신은 2년 전의 결정을 후회하거나 지금이라도 서버를 열어 줘야 하나 고민하겠지. 그리고 괴로워하겠지.

결정적으로 우연을 괴롭히는 것은 그 모두에 만기가 다가오고 있다는 감각이었다. 언젠가는 생각 한 귀퉁이를 아예 잘라낸 다음 홀가분함을 느낄지도 몰랐다. 당장 두 달 뒤, 학교를 떠난 직후에라도. 그렇다면 지금 바로 괴물을 부르지 못할 이유는 뭐란 말인가. 아직은 이선이 소중한 친구로 남아 있어서 그런가. 아니면 죽음을 확정하는 것이 책임을 확정하는 일이기 때문인가.

의식의 흐름이 갑자기 가능했던 과거를 향해 뛰쳐나갔다. 현과 도진이 아니라 이선을 연구실에 받았더라면. 그래서 이선의 일로 고민할 필요가 없었더라면. 그랬더라면 지금까지 죽은 네 사람도 자신에게는 문제가 아니었을 텐데. 소소한 정의로움과 소소한 슬픔만을 안고 살아갔을 텐데. 우연은 속마음을 참으려 입술을 깨물었다. 자기도 알지 못하는 사이에 뺨이 축축해졌다. 말 대신 눈물이 흐르는 듯했다. 어룽거리는 시야 너머에서 진솔의 목소리가 윙윙 울렸다.

"됐어. 내가 안 해도 될 말을 너무 많이 했나 보다. 이것까지 다 잊어버려."

19

연구실에 들어왔을 때 현과 도진은 2학년 말이었고 평범했다. 평범하다는 것은 공개 모집 지원을 망친 데에 특별한 드라마가 없었다는 뜻이었다. 모든 경쟁자보다 조금씩 뒤처지는 사람의 존재는 어떤 면에서는 당연했다.

거기에 비하면 우연이 둘을 찾아낸 데에는 조금 감상적이거나 운명적인 면이 있었다. 이선과 만난 다음 우연은 생각을 정리하기 위해 옥상으로 올라갔고, 거기에서 난간을 붙잡은 현을 발견했다. 우연이 현을 앞에 앉혀 놓고 이런저런 이야기를 하는 동안 또 다른 2학년생이 비슷한 마음을 품고 옥상에 나타났다. 도진이었다.

현과 도진은 관리자 역할을 맡은 지 얼마 지나지 않아 게임의 진상을 알게 됐지만 서아만큼 놀라진 않았다. 우연이 먼저 사실을 밝힌 뒤에 그런 일들은 자신이 도맡겠다고 말했기 때문이다. 시야를 벗어나는 순간 죽음은 숫자로 변한다. 숫자를 잊기는 아주 쉽다. 문제가 되는 것은 아직 도착하지 않은 죽음이다.

둘은 간혹, 우연이 이선에게 품은 죄책감을 자신들을 챙기는 것으로 메우고 있다는 인상을 받았다. 그리고 이선의 불행을 조금씩 나누어 가져야 할 것만 같은 책임을 느꼈다.

× × ×

"아무튼, 걔 때문인 거 맞지?"

"선배님이 우울해할 이유가 그거 말고는 딱히 없으니까요. 요새도 새벽에 전화하고 그런다던데요. 저번에는 혼자서 자살을 시도했다던가, 그런 얘기도 들었던 것 같고……."

"그럴 거 같더라. 그것도 한두 번이지 도대체 몇 년을 이러고 있는 거야. 단호하게 끊으라 그래. 학교가 문제니 뭐니 해도 일단 산 사람은 살아야 할 거 아니야. 아니면 진짜 소원이라도 들어주든가."

"그런데 그게, 저희가 선배한테 직접 할 수 있는 이야기는 아니죠. 아시잖아요."

　"나도 너희들 사정 다 이해해. 아는데, 그래도 답답하니까 이러는 거지. 아무튼 우연이가 뭐 이상한 짓 안 하나 잘 지켜봐. 서버 갑자기 열리면 접속해 보고. 저러다가 진짜 사고 치는 거 아닌가 걱정돼서 그래."

　"이거는…… 교수님이랑 면담을 시켜 보는 게 좋지 않을까요. 정식 입사가 두 달 뒤니까, 그동안 휴학계를 내게 하면 이선 선배랑은 떨어져 있을 테니까요. 안 보면 생각도 덜 하겠죠. 입사 전에는 다들 그렇게 놀다가 가잖아요."

　"면담이야 많이 했지. 교수님도 그거 때문에 고민이 잔뜩이시던데. 그래도 자기가 싫다는 걸 어떡하겠니. 강제로 집에 돌려보낼 수 있으면 진작에 그랬을 거야. 5학년이면 몰라도 6학년부터는 성인이니까 법적 보호자가 소용이 없어. 정신 건강 센터에서 해결해 줄 수 있는 문제도 아니고. 아무튼 두 달이니까, 두 달만 잘해 보자. 내가 보기엔 이거 학교만 졸업하면 끝나. 이선이랑 우연이랑 떼어 놓으면 고민할 일도 없다고."

　"네."

　"너도 곧 5학년인데, 중요한 시기에 신경 쓰게 해서 미안하다."

　"아녜요. 걱정해 주셔서 고맙습니다."

별 의미 없는 인삿말이 몇 마디 오간 다음 통화가 끝났다.

밤 9시. 태블릿을 내려놓은 현은 무심코 상체를 틀었다가 도진의 얼굴을 마주하고는 깜짝 놀랐다. 언제 왔는지 옆에 앉아 자신을 빤히 바라보고 있었다. 퇴근은 아까 했을 텐데. 짐이 따로 없는 걸 보면 잊은 물건을 챙기러 온 듯했다.

"누구 전화야?"

"진솔 선배님. 우연 선배님이랑 만난 뒤에 바로 연락 주신 거 같아."

도진의 얼굴에 무슨 상황인지 알겠다는 표정이 떠올랐다.

"한 명 때문에 다 고생이네. 6학년쯤 됐으면 자기 인생은 자기가 책임져야 하는 거 아닌가. 난 솔직히 우연 선배가 미안해할 일이 아니라고 생각하거든. 그렇잖아. 이 연구실에 부르든 말든, 자기가 알아서 잘했으면 죽느니 사느니 할 것도 없었을 텐데."

"우리가 그 소리 하면 안 되지 않아?"

현이 조심스레 지적했다.

"왜?"

"우린 그냥 운이 좋았을 뿐인걸. 2학년 때 기억 안 나? 옥상에서 선배님 못 만났으면 우리도 아무 연구실에나 들어갔을 수 있어. 그러면 이선 언니처럼……."

현은 이런 소리도 실례다 싶어 말끝을 흐렸다. 이선의 상황이 나쁜 건 사실이지만, 그렇다고 해서 알고 지내는 사람을 '망한 사례'로 들기에는 미안했다. 도진이 못마땅하다는 투로 아랫입술을 내밀었다.

"아니지, 운이 나빴다가 겨우 정상이 된 거지. 붙었던 애들 지원서랑 내 지원서 비교해 보니까 차이도 없더라. 아무 차이도 없는데 누군 떨어지고 누군 붙는 거랑, 연구도 제대로 안 하고 놀다가 인생 망친 거랑 어떻게 같아."

"일부러 망하고 싶어서 그러지는 않았을 거잖아. 다들 사정이 있을 텐데."

"몰라. 난 너보다 실적 잘 쌓고 있으니까 됐어."

어색할 만큼 퉁명스러운 대답을 끝으로, 갑작스러운 침묵이 들이닥쳤다. 도진은 태블릿을 꺼내 퍼즐을 풀기 시작했다. 색이 서로 다른 점을 이어서 경로를 만드는 게임이었다. 현도 하던 일로 돌아가려 했지만 수식이 눈에 잘 들어오지 않았다. 생각이 너무 많아져서 눈앞을 메우는 기분이었다. 그러다가 어느 순간 도진이 한 문장을 툭 던졌다.

"선배도 불쌍하긴 해."

"불쌍하지."

"같은 연구실 소속도 아닌 애들한테 동정이나 받고."

현이 대답을 망설이는 사이에 도진이 이어 말했다.

"근데 남이 어떻게 해 줄 순 없는 일이잖아. 운이 실제로 좋았든 나빴든 그런 얘기 들어 주는 사람은 아무도 없는데. 결국 자기가 잘해야지."

"그렇다고 해서 이선 언니가 다 잘못했다고 말하긴 싫다는 거야. 아예 모르는 사람도 아니고, 어떻게 보면 우리 대신 여기 있었을 수도 있는 사람인데."

"서버, 우리가 열어 줄까?"

도진이 느닷없이 질문을 던졌다. 현은 자신이 말뜻을 제대로 이해한 것일까 헷갈려 하다가, 조심스레 반문했다.

"무슨 소리야?"

"게임 서버 파일은 우리한테도 있잖아. 계정 데이터베이스는 네가 사본을 받아 뒀고. 이선 선배한테 연락해서 접속하라고 하면 순식간에 끝날 거야."

도진이 거침없이 말을 잇자 현은 당황한 듯 머뭇거렸다.

"우연 선배한테는 뭐라고 하게?"

"나중에 말해야지. 설마 화라도 내겠어?"

"그래도."

우연이 왜 괴로워하는지는 현도 대강이나마 알았다. 그러니 도진의 제안은 모두에게 좋은 결정이라고 할 수 있을 것이다. 우연은 남의 손을 빌려 고민 하나를 치워 버리고, 이선도 소원을 이룰 테니까. 하지만 그런 게 해결책이라고 말해도 되는 걸까. 이 목숨은 세상에 필요치 않으니까 그만 버려 버립시다, 하고 쓸모없어진 비품을 쓰레기장에 내놓듯 해도 되는 걸까.

얼음을 녹이는 데 필요한 열량은, 즉 0도를 1도로 올리는 데 필요한 열량은 같은 양의 물을 60도까지 올리는 데 필요한 열량과 같았다. 각각의 사물에는 온도계의 숫자만으로는 측정할 수 없는 열량이 숨어 있는 것이다. 그것을 잠열이라고 한다. 사람의 삶에는 합리성이라는 말로는 설명하지 못할 그 무엇이 잠열처럼 도사려 있었다. 그런데 그걸 표현할 방법은 명확하지 않아서, 보통은 얼버무리듯 넘어가야만 했다.

"그건 좀 그렇지 않을까."

"난 우리 선에서 처리할 일이라고 보는데. 솔직히 지금은 우연 선배가 있으니까 그나마 나은 거지, 선배 졸업하면 우리도 귀찮아진다고. 멀리 간 사람보다는 우리한테 달라붙을 거 아니야. 수틀리면 학교에 이를 수도 있고. 그렇게 되기 전에 해결을 보자는 거야."

그건 아니라는 말은 숫자 바깥의 것을 알고 이해하는 사람에게만 유용했다. 우연이 온정 그 자체에서 쓸모를 발견하는 사람이라면 도진은 쓸모에서 온정을 이끌어 내는 사람이었다. 그래서인지 도진에게는 진정한 의미의 고민이랄 게 없었다. 최적해를 찾으려는 계산은 고민과는 달랐다.

"해결이라니."

"해결이지."

"도진이 너, 고민을 좀 하고 말하면 안 돼?"

"간단한 문제인데 따질 필요조차 없잖아. 어차피 그 선배도 죽고 싶어 하는데. 학자금도 감당하기 힘들다며."

"사람 죽는 일이 퍼즐 게임 같아? 조건만 맞으면 확 치워 버릴 수 있게?"

도진은 엉망진창으로 쓰인 수식을 검토하듯 현을 빤히 바라보았다.

"무슨 말인지 잘 모르겠어. 학교도 그렇고, 세상 일이 원래 그런 식 아니야? 다른 거라도 있다는 소리야?"

반박하려던 찰나 말문이 막혔다. 세상은 분명히 그런 식으로 굴러갔기 때문이다. 회사는 자선 사업을 하는 게 아니라 유능한 연구원이 필요한 거니까 애들을 줄 세울 수밖에 없고, 줄을 세우다 보면 끄트머리에는 선택받지 못하는 애들이 남고, 쓸모없는 애들을 데려갈 필요는 없으니까 걔들이 어떻게 되건 그건 어쩔 수 없는 일이고. 이곳뿐 아니라 평범한 학교에서도, 회사에서도 항상 그런 일이 일어났다.

그러니까 이선은 죽어야 하는 걸까? 왜? 그게 이선을 위한 일이기 때문에? 아니면, 우연의 삶에 이선이 방해가 돼서? 둘 중 어느 쪽이건 긍정하고 싶지 않았다. 현은 고개를 가로저었다.

"아무리 그래도 그런 식으로 말하지 마. 그러면 안 돼."

"또 착한 척이야."

"착한 척이 아니라, 사람을 사람으로 대하라는 거야."

"사람들은 다 이러고 사는데."

"내 말은 그게 아니잖아."

"뭐, 현이 넌 싫으면 하지 마. 솔직히 나도 별로 내키진 않아. 애초에 넥스컴에서 우리 계약서에 불리한 조항 넣는 이유도 다 그거 때문이잖아. 만약 수틀리는 일이라도 생기면 연구 윤리니 뭐니 들먹이면서, 우릴 완전 살인마처럼 만들어 버리겠다는 거지. 우리 처지에서는 할 말 없으니까. 그 애들이 엉엉 울면서 매달렸다 해도 결국 우리가 죽인 건 사실이잖아. 회사야 뭐, 학생 시절에 일어난 사건이라면서 쓱 빠져나가고. 학교야 몰랐다고 잡아떼면 되고. 난 그런 건 싫어."

도진은 휙 일어나 밖으로 나가 버렸다. 등장만큼이나 갑작스러운 퇴장이었다. 연구실 물건들은 모두 있던 자리에 그대로 놓여 있었기 때문에, 도진이 이렇게 늦은 시간에 무엇을 가지러 연구실에 다시 왔었는지는 알 수 없었다. 현은 덩그러니 남아

읽히지 않는 수식과 상상되지 못한 반박 사이에 갇혀 있었다. 그리고 어느 순간, 다음 관리자가 바로 자신이라는 사실을 깨달았다.

20

우연이 졸업하면 다섯 번째 관리자는 현이 될 예정이었다. 게임의 접속자 데이터베이스도 현에게 주어졌다. 도진도 거기에 불만이 없었다. 애당초 도진은 게임 운영 자체를 내켜 하는 편이 아니었고 마녀 복장을 잘 다루지도 못했다. 현은 현대로 누구를 도울 수 있다는 사실이 마음에 들었다. 기록에 남지 않는 휴식처를 가꾸거나, 옥상에 선 아이들을 연구실로 데려오거나, 괴물을 불러 주거나.

괴물을 만나는 학생의 수는 한 해에 한두 명. 그 한둘에게도 그건 아니라고 손사래칠 누군가가 있었겠지만 관리자들 눈앞에서 그러지는 않았다. 그래서 그 애들은 이선과 달리 편하게 죽을 수 있었다. 그러니까 사실은 학생의 이유보다도 관리자의 마음이 앞서는 것인가.

현은 직전과는 다른 이유에서, 도진의 제안에 설득되려는 자신을 발견했다. 그리고 지금껏 죽은 아이들에게 충분한 이유가 있었던 것처럼 이선도 그렇다고, 그러니 언젠가는 자신이 이선을 위해 서버를 열게 될 거라고 생각해 보았다.

사람을 사람으로 대하려 애쓸지라도 어느 지점에서는 물건을 대하듯 단호해지는 순간을 맞닥뜨리게 된다. 서먹한 사이라면 훨씬 일찍, 깊이 엮여 든 사이일수록 훨씬 늦게. 그 늦음에는 연민이나 온정 같은 이름표가 붙기 마련이지만 늦음의 결과가 언제나 따스한 것만은 아니다. 그건 마치 원주율을 어디에서 끊느냐 하는 문제와 같다. 3에서 끊으면 정확한 값이 나오지 않고, 3.14를 넘어서면 그것도 곤란하다. 값이야 정확해지겠지만 3.14159265358…… 를 곱하다 보면 제한 시간을 넘기곤 하니까.

현이 느끼기에 이선의 원주율은 끊길 곳을 찾지 못한 채 끝없이 다음 소수점 자리를 향해 후퇴하고만 있었다. 우연은 지금까지 선택을 미뤄 왔으니까 진짜 선택은 그다음 관리자, 즉 자신의 몫이었다. 현은 곧바로 결단을 내릴 수 있을까 자문했다. 이선은 내년에야 졸업이 가능했고, 그 시간은 현에게도 유예가 되어 줄 것이다.

그러니 아직은 답하지 않고 싶었다.

그런 유예가 이선에게는 희망 섞인 고통일지라도, 아직은.

× × ×

우연은 그럴 필요가 없는데도 연구실에 출근하고 프로젝트를 도왔다. 표정은 항상 무덤덤했다. 식당에 갈 때는 발끝을 보며 걷거나 멍하니 생각에 잠겼다. 하지만 이선에 관한 이야기는 전혀 하지 않았고 현도 말을 꺼낼 엄두를 내지 못했다. 도진은 혹시 모른다면서 접속 확인 프로그램을 짰는데, 그 프로그램이 목요일이 아닌 날에 반응을 보이는 일은 없었다. 이상한 균형과 침묵 속에서 두 달이 지났다.

축하 파티는 졸업 나흘 전에 진솔의 일정에 맞춰 학교 밖에 있는 멋진 식당에서 치러졌다. 손님별로 각각 방을 따로 잡을 수 있는 곳이었다. 주말에 외출하던 것과는 느낌이 달랐다. 참석자는 연구실 사람들과 진솔. 전채가 나오기 전에, 진솔은 샴페인을 가볍게 흔든 다음 우연에게 직접 따 보라며 넘겨주었다. 코르크를 살짝 비틀자마자 탄산 거품이 한 줄기로 치솟으며 마개를 천장으로 날려 보냈다. 퍽 소리가 나더니 방이 어두워졌다.

LED 조명 중간에 코르크가 박힌 것을 보자 진솔은 허둥지둥했다. 세상에, 미안해. 이건 내가 변상해야겠다. 세탁비도. 그렇지. 갈아입을 옷이 있을지 모르겠네. 일단 방부터 옮겨야 하나. 횡설수설하듯 짧은 간격으로 튀어나오는 말들. 우연은 한 손으로 병 주둥이를 쥐고 다른 손으로는 바닥을 받쳐 든 채 진솔을 빤히 바라보았다. 그러더니 갑자기 웃음을 터뜨렸다. 전혀 걱정할 일이 아니라는 것처럼. 그러자 향긋한 샴페인 냄새가 빛으로 변해, 우연이 앉은 자리에서 사방으로 번져 나가는 느낌이 들었다.

웃음이 모두를 휩쓸고 지나간 후 종업원이 왔다. 다행히 다른 방이 비어 있었고, 우연이 갈아입을 티셔츠는 식당 쪽에서 챙겨 주었다. 아직 전채가 나오지 않았으므로 샴페인 때문에 먹을 수 없게 된 음식은 없었다. 추가 비용은 진솔의 카드에서 빠져나갔다. 영수증을 보고 도진이 놀라자 진솔이 너스레를 떨었다. 걱정하지 마, 나 돈 많이 벌어. 이번 달에는 보너스도 받았다니까.

음식은 충분히 맛있었고 우연은 지난 두 달 동안 한 말을 합친 것보다 훨씬 많이 떠들었다. 샴페인 거품 같은 분위기 속에서 현은 그 무엇을 잊어버렸다. 어떻게든 되겠지, 하는 낙관이 마취제처럼 혈관을 타고 돌았고 걷기만 해도 웃음이 나왔다.

이러다가 자고 일어나면 어제와 같은 세상을 마주하게 될지도 모르지만 아직은 웃고 싶었다.

그 느낌은 학교로 돌아온 다음에도, 기숙사 건물 앞에 설 때까지도 여전했다. 도진은 먼저 다른 방향으로 갔고, 이번에는 우연과 자신이 갈라설 차례였다.

"오늘 재밌었어요."

"그러게. 정말 오랜만에 실컷 웃었네. 뭐가 끝난 느낌이라고 해야 하나. 긴 영화 한 편을 보고 나온 것만 같아. 슬픈 장면에 울기도 하고 끔찍한 장면에서는 눈을 돌리기도 했지만, 어쨌든 스크린에 눈을 붙이고 있을 시간은 끝났으니까 나는 영화관 바깥으로 나가면 되는 거야. 가끔씩 인상 깊은 장면들을 떠올리긴 해도 그건 결국 지나간 시간이고, 언젠가는 기억마저 흐릿해지고……. 정말 신기하지, 마음이라는 게 이렇게 휙 바뀔 수 있는 거라니. 내가 무슨 결심을 하든 간에, 이렇게……."

우연의 표정이 잠깐 얼어붙는 듯하더니 미소를 되찾았다. 현은 알 수 없는 위화감을 느꼈지만 금방 잊어버렸다. 오늘은 고민에 어울리는 날이 아니었다.

×　×　×

　　알람이 풀벌레처럼 잊을만 하면 울어 댔다. 현은 이게 꿈에
섞여 나는 소리인지, 아니면 정말로 현실에서 들려오는 소리인
지 분간하지 못한 채로 몸을 뒤집다가 갑자기 찬물이라도 맞은
듯 정신을 차렸다. 태블릿이 요란하게 울리고 있었다. 현은 뭉
그적뭉그적 일어나 탁자로 다가갔다. 새벽 4시 50분. 통화를 걸
어온 사람은 도진.

　　"왜?"

　　"전화를 몇 번이나 했는데 이제 받아? 빨리 접속해."

　　상단 바를 보자 부재중 통화가 21개나 찍혀 있었다. 30분
전부터였다. 하지만 새벽 4시에 이럴 이유가 뭐란 말인가. 현은
멍한 어조로 다시 물었다.

　　"왜?"

　　"빨리 접속하라니까."

　　"뭘 접속해?"

　　"게임!"

　　도진의 외침에 태블릿의 불빛이 흔들렸다. 현의 심장까지
도. 기숙사 앞에서, 우연의 표정이 잠깐 굳은 걸 흘려 넘기지 말
아야 했다. 파티 분위기가 좋았다는 이유만으로 안심했던 자신

이 갑자기 바보처럼 느껴졌다. 큰 수술을 마치고 늘어져 있다가 마취제 효과가 뚝 떨어지면서 격통에 시달리는 기분이었다.

현은 다그치듯 물었다.

"지금 서버 열렸어? 너도 접속 중이야?"

"30분째 이러고 있어. 얼른. 얼른 들어와야 돼."

가상 공간도 기본적으로는 통신망 위에서 작동하는 프로그램이기 때문에, 접속한 동안에도 다른 프로그램을 불러낼 수 있었다. 가상 공간에서 강의를 듣다가 메일함을 열어 파일을 꺼내는 식으로. 하지만 게임에서 학교의 공식 메신저를 불러내는 건 위험천만한 일이었다. 상황이 몹시 나쁜 게 분명했다.

현은 통화를 끝낸 다음 서둘러 가상 공간 접속기를 관자놀이에 연결했다. 텍스트로 이루어진 우주가 잠깐 눈앞에 펼쳐졌다가 익숙한 풍경으로 바뀌었다. 마을 중앙이었다. 지도를 열자 끄트머리에 파란색 점 두 개가 멈춰 있는 게 보였다. 별구름을 그 방향으로 몰아가면서, 현은 음성 채널을 열었다. 연결된 사람은 도진뿐이었다.

[어떤 상황이야?]

[자다가 깼더니 서버가 열려 있더라. 선배가 혼자 연거야. 잡아먹히기 직전에 겨우 들어왔어. 막으려 했는데. 그런데 내가 이거 잘 못 하는 거 알잖아. 네가 와야 돼.]

문장이 잘 이어지진 않았지만 추측은 할 수 있었다. 도진은 준비 시간이 끝나기 직전에 접속했을 거였다. 그런데 혼자서는 괴물을 처리할 수가 없었겠지. 도진은 마녀 복장을 잘 다루는 편이 아니니까. 아니나 다를까, 지도 끄트머리에 이르자 회색 마녀가 거인 형상의 괴물을 향해 실타래를 뻗은 모습이 보였다. 꽤 먼 거리에서, 움직임만 겨우 멈춰 세우고 있는 듯 힘겨워 보였다.

현은 도진과 시선을 교환한 뒤 음성 채널을 닫고는 그대로 거인을 향해 날았다. 실타래에 칭칭 묶인 팔뚝과 손 사이로 하얀 마녀 모자가 삐죽 튀어나와 있었다. 모자챙 아래의 평온한 표정을 마주하자 불안이 밀려왔다.

"꺼내 드릴게요. 이제 다 괜찮잖아요. 오늘 재밌었잖아요. 이선 언니랑 말은 해 봤어요? 언니도 이런 건 바라지 않을 거예요. 이제 곧 졸업인데. 선배가 갑자기 이럴 필요가 없는데. 정말로 다 끝난 건데."

말이 두서없이 쏟아져 나왔다. 이럴 게 아니라 괴물부터 잡아야 하는데. 그런데 생각을 집중하기가 어려웠다.

"끝내고 싶지 않아."

우연이 조곤조곤한 목소리로 답했다.

"그게 대체 무슨 소리예요."

"아까 얘기했잖아. 사람 마음이라는 게 참 신기하더라. 네 말대로 이제 끝이라고 생각하니까 기분이 확 좋아지면서 지금까지 걱정했던 모든 것이 아무렇지도 않아 보이지 뭐야. 그런데 나는, 그게 아무렇지도 않으면 안 된다고 생각해. 이선이도. 지금까지 죽은 네 명도. 그건 절대 당연한 게 아닌데. 내가 무슨 고민을 했었는지 기억하고 싶은데, 기억할 엄두가 안 나."

우연은 잠깐 멈췄다가 이어 말했다.

"그런데 제일 웃긴 건, 내가 아직도 이선이한테 서버를 열어 줄 마음이 없다는 거야."

"그래도 그건 죽을 이유가 못 돼요. 계약서도 썼고 졸업도 하셨으니까, 당연하잖아요. 사람은 사는 곳이 달라지면 생각도 달라지는걸요. 그리고 이선 언니한테 미안할 수는 있지만, 그거 때문에 죽는 것도 이상하잖아요. 그런다고 해서 언니 이력서에 쓸 만한 게 생기지도 않는데. 그건 정말 어쩔 수 없는 일인데요."

"미안해서가 아니야. 무책임한 거야."

"네?"

"아무것도 하고 싶지 않은데, 남 걱정 따위는 떠올리기도 싫은데, 그래도 살아 있으면 무언가 해야 한다는 생각이 자꾸 들어. 강박 같아. 그래서 내가 모레까지도 살아 있으면 센스/네트 방송국을 찾아가려고 해. 게임에서 자살하는 아이들은 15년 전 사건만큼 좋은 아이템이니까 그쪽도 관심을 보이겠지. 돈 때문에라도 그렇고, 덱스컴 경쟁사이기도 하니까. 그러면 학교도 조금 바뀌는 척을 하겠지. 쓸모없는 학생이라고 나 몰라라 내팽개치는 게 아니라 구제할 방법을 찾아 줄 거야. 덱스컴도 여러모로 곤란해질 테고. 덱스컴이 우리 연구실 출신한테만 이상한 조건을 내거는 거, 불공평하다는 생각 안 했어? 우리가 덱스컴에 고마워하면 안 되잖아?"

머리가 핑 돌았다. 우연의 말이 옳았다. 센스/네트는 대기업 그룹이었고, 가상 공간 회사와 방송국을 계열사로 두고 있었다. 센스/네트 말고도 이 게임의 존재에 관심을 기울일 경쟁사는 많았다. 학교 후원자들. 그리고 덱스컴의 적들. 덱스컴을 깔아뭉개고 구제 제도를 신설하는 것은 명분이 서는 데다 이득도 분명한 일이었다. 제도의 수혜를 받는 애들은 불리한 계약서를 쓰게 되겠지만, 어쨌든 빚더미에 깔리는 것보다는 낫고…….

"네, 맞아요. 선배님 말이 맞아요. 어떻게 바뀌든 지금보다는 나을 거예요. 하지만 얽힌 사람들이 너무 많잖아요. 그렇게 막 터뜨려 버리면 선배님들은 어떡하고 하율 교수님은 어떡하고 저랑 도진이는 어떡해요. 우리가 덱스컴에 불합리하게 묶이는 건 사실이지만 그렇다고 해서 돈을 덜 받는 것도 아닌걸요.

게임에 접속하는 애들은 또 어떡하고요. 학교가 다 뒤집어질 텐데."

문장을 마구 쏟아 내다 보니 15년 전 사건의 한 대목이 뇌리를 스쳤다. 게임이 뇌출혈을 일으킨다는 사실이 학생들에게만 알려져 있던 시절에, 그걸 교직원에게 말한 사람은 한동안 없었다고 했다. 잘못 얽혀서 커리어가 망가지는 상황이 두려웠던 것이다. 그때도 말하려는 쪽과 말리는 쪽이 있었겠지. 말리는 쪽도 이런 기분이었을까.

"이게 무슨 동화처럼, 그리고 다들 오래오래 행복하게 살았습니다, 로 끝날 일이면 괜찮아요. 그런데 센스/네트가 우릴 책임진다는 보장이 없는걸요. 경쟁사랑 싸울 장기말로 쓰다가 나중에 가서는 굶어 죽든 말든 내버려 둘 텐데. 회사에선 내부고발자 안 좋아해요. 진짜 안 돼요."

"나도 그러기 싫어. 난 회사와 싸우고 싶지도 않고 아무것도 책임지고 싶지 않고 네 원망을 듣고 싶지도 않고 친구가 죽었다는 소식을 듣고 싶지도 않아. 그렇다고 해서 내가 그런 일들에서 도망쳤다는 생각에 괴로워하고 싶지도 않아……. 나는 편한 게 좋아. 나는 편하고 싶어."

"그래서요, 그래서 죽는 것 말고는 방법이 없단 거예요?"

"난 이미 죽었어. 그러니까 모레쯤에 센스/네트에 찾아가겠다는 거야. 이미 죽은 사람이 뭐가 무섭겠어?"

현은 세상을 바꾸는 용기, 에 대해 생각했다. 한 사람의 용기. 괴물에 맞서는 용기. 이게 정말로 괴물에게 잡혀간 공주를 구하는 동화라면 얼마나 좋을까. 우리와는 아무 관련이 없고 사악하기만 한 괴물을 무찌르는 것만으로 모든 문제가 해결된다면. 그러나 괴물은 돈과 콘크리트로 만들어졌으며 사람의 평생 또한 그랬다. 현은 아주 어둡고 검은 게 가슴팍에서 꿈틀거리는 것을 느꼈다.

"이건 진짜 아니에요. 선배님이 저한테 이러시면 안 되는 거예요. 저한테 이런 걸 선택하게 하시면 안 된다고요. 제가 대체 왜 이런 고민을 해야 돼요. 지금 새벽 5시예요. 다들 아무 생각도 없이 자고 있는데, 왜 저만. 선배님이야말로 진짜 비겁하고 무책임하다는 걸 아셔야 해요."

현은 거의 울듯이 말했다. 우연은 대답하지 않았다.

고개를 천천히 내저은 현은 조금 뒤로 물러났다. 도진이 도대체 뭘 하고 있느냐는 듯 자신을 빤히 응시하고 있었다. 외치더라도 목소리가 닿기에는 먼 거리였다. 음성 채널을 열어 상황을 설명하려는 순간, 이질적인 형체가 시야에 들어왔다. 다시 저 멀리에서, 검은 덩어리가 숲을 헤치며 달려오고 있었다.

그러고 보면 이 게임의 기본 설정은 두 방향에서 동시에 괴물이 나오는 거였다. 시간이 꽤 지났으니만큼 반대편에 나타난 괴물이 여기까지 온 모양이었다. 현은 홀로그램 창을 닫고 도진과 두 번째 괴물 사이의 간격을 쟀다. 선택은 어렵지 않았다. 새로 만들어진 실타래가 거인의 팔을 붙들고 있던 실타래를 가르고 나아갔다. 끊어진 실이 햇살을 받아 샴페인 줄기처럼 빛났고, 거인이 우연을 집어삼켰다.

현은 이 찰나를 영영 잊지 못하리라 생각하면서, 뒤이어 나타날 단어를 기다렸다.

Session Ended.

화려한 축포가 비명처럼 치솟았다.

21

서버가 닫히고 문자열이 흐르는 어둠이 눈앞을 메웠다. 가상 공간 접속기의 첫 화면이었다.

이제 어쩌지.

어떤 것도 감이 잡히지 않을 때는 머릿속이 오히려 명쾌해진다. 실마리라도 있다면 그걸 붙잡고 끙끙거려 보겠지만 견적조차 나오지 않는 문제라면 던져 버리는 편이 낫다. 그러니까 던져 버리자. 우연도 이선도 도진도, 새까만 공백 속으로. 그러다가 갑자기 메신저 창이 훅 나타났다.

"너 뭐 하자는 거야."

연결을 선택하자 도진의 목소리가 사방에서 울려 퍼졌다. 바닥과 벽과 천장이 모두 스피커인 방에 갇힌 느낌.

"몰라."

짧은 웃음.

"당장 내려와."

현은 전극을 떼고 몸을 일으켰다. 책장과 침대 *끄트머리*와 벽의 윤곽이 전류가 막 흐르기 시작한 회로처럼 어둠 속에서 솟아났다. 창밖으로 시선을 던지자 바닥에 빛나는 타원을 그리는 가로등이 보였다. 타원 가장자리에 사람 그림자가 침범하듯 들어와 있었다. 그 경계면을 빤히 내려다보다가 외투를 잠옷 위에 걸치고 복도로 나왔다. 걷는 데는 아무 생각이 필요하지 않았고 걸음도 한없이 가벼웠다. 내용물이 빠진 채 혼자서 굴러다니는 종이 상자처럼.

× × ×

도진은 현이 내려오자마자 팔을 붙들고는 다른 데로 갔다. 새벽이라지만 어떤 애들은 슬슬 깨어날 시간이니까, 기숙사 앞에서 이야기하긴 무서운가 보지. 길을 벗어나 나무 사이로 들어가자 차분한 그늘이 사방을 뒤덮었다. 서늘하고 맑은 냄새가 났다. 투명한 어둠은 음산할 것도 우울할 것도 없고, 눈을 감으면 금색 실들이 화려한 커튼의 술처럼 흔들거리고.

갑자기 도진이 뒤를 돌아보더니 화를 냈다. 왜 그런 표정을 짓느냐는 거였다. 왜 그랬는지 설명해 보라고도 했다. 현은 조곤조곤한 목소리로 상황을 읊었다.

"선배가, 이렇게 졸업해 버리면 이선 언니를 아예 잊을 것 같다고 그러시더라. 잊기 싫은데 그렇게 될 것 같다고. 안 그러려면 죽는 수밖에 없을 거라고. 설득해 보려는데 얘기가 길어지지 뭐야. 그러다가 네 쪽을 보니까 두 번째 괴물이 오고 있더라. 그래서 어쩔 수 없이 선배를 먼저 먹었어. 그게 다야."

"일단 구해 놓고 나서 설득하면 안 됐던 거야? 왜 그렇게 늦었어?"

"당황해서 그럴 생각을 못 했나 봐."

도진은 현을 빤히 노려보다가 입을 열었다.

"두 달 전에, 내가 하자고 그럴 때 했으면 이럴 일도 없었잖아."

"뭘 해?"

"이선."

현은 짧게 웃었다. 단어들이 입 안에서 탄산처럼 톡톡 튀었고 혀에서는 쇠 맛이 났다.

"아, 너 정말 웃긴다. 살려 줬더니 기껏 하는 소리가 그거야. 이선 언니부터 죽였으면 선배도 대충 잘 받아들이고 마음을 정리했을 테니까, 이게 다 내 잘못이라는 거지?”

“지금 누가 잘했고 잘못했고를 따지자는 게 아니잖아.”

“그러면 요점이 뭐야? 이렇게 될 바에는 이선 언니를 먼저 죽였어야 했다는 거, 맞잖아?”

도진은 시선을 피하지도 않고 등허리를 꼿꼿이 세우고서 대답했다.

“그래.”

“그래?”

“선배는 지금 끝낼 사람은 아니야. 계약서도 써 놨고 포트폴리오 평가도 최상급이었단 말이야. 기분은 약만 잘 먹고 쉬기만 해도 휙휙 바뀌는 건데, 고작 기분 때문에 죽으려는 건 비합리적이지. 빚이라거나 건강 같은 문제가 아니고서야.”

“와, 정말 무슨 논리인지 모르겠네. 어쨌든 내 탓을 하려는 거 같은데. 맞지. 결국 내 탓이잖아.”

“너, 뭘 했는지 생각이 없어? 기분이 좋아서 실실 웃는 거야?”

도진이 갑자기 짜증을 터뜨렸다.

“혼자서 착한 척하다가 선배까지 죽게 생겼는데 마음이 아주 편한가 봐?”

다른 건 모르겠지만 그 말은 정말로 이상하게 들렸고, 그래서 현은 히끅거렸다. 웃음도 울음도 되지 못한 소리였다. 하기야 재료는 같다. 공기와 콧소리다. 방향이 위로 향하면 웃음이 되고 아래로 얹히면 울음이 될 뿐이다. 지금은 둘 다, 어디 한 곳으로 가지를 못하고 입속에서 맞부딪히기만 했다. 이 상황에서까지 이선을 죽여야 했다고 말하는 도진이 웃겼고, 이제야 죽음의 무게를 이야기하는 도진이 슬펐다. 비슷한 생각을 떠올리고 있는 현 자신도 웃기고 슬펐다.

현은 지금껏 침대에 누워서 텅 빈 머리로 했던 게 후회였음을 알아차렸다. 두 달 전에 이선이 죽었더라면, 우연이 추모에만 모든 슬픔을 바쳤더라면, 이렇게 되진 않았을 텐데. 애도란 남은 사람들끼리 편할 대로 기억을 잘라 내서 소화하기 쉬운 부분만 남기고 그만 잊어버리는 일이니까. 죽음은 그 자체로 잊을 이유가 되니까. 하지만 이선은 계속 살았다. 그래서 우연은 결코 씹어 넘기지 못할 부분을, 세상의 뼈 같은 걸 입에 넣고 우물거리다가 고꾸라졌다.

그러니까, 이 일에서 가장 슬프고 웃긴 점은 거기에 있었다. 정말로 씹어 넘길 방법이 없었다는 것. 센스/네트를 찾아가더라도 어떤 사실은 여전히 속에 얹혔으리라는 것. 그리고 만약 그렇게 됐다면, 현부터가 깜짝 놀라서 말렸으리라는 것. 실제로 말렸다는 것. 현은 이선을 안타깝게 여길 수는 있었지만 연구실을 잃진 못했다. 그건 불운에서 건져진 대가가 되기에는 너무 과했다.

히끅거리는 소리가 그제야 방향을 잡으면서 아래로, 아래로, 아래로 내려갔다. 텅 빈 채 굴러다니던 종이 상자 위에 내용물이 다시 얹힌 느낌이었다. 가상 공간 접속기처럼 아주 무거운 게 골판지를 누르고 부수는 느낌.

현은 질문을 토해 냈다.

"왜, 선배는 죽으면 안 돼? 지금까지 남들 죽을 땐 뭐 했어. 우연 선배가 죽은 게 그렇게 문제면, 지금까지 괴물한테 잡아먹힌 애들로는 왜 난리 안 쳤는데. 선배라고 해서 죽으면 안 되는 이유가 뭐야? 실적이 없으면 죽어도 되고 포트폴리오가 멋지면 살아야 하는 거야? 넌 사람 목숨이 아니라 이력서가 중요한 거지?"

문장이 이어질수록 목소리가 커지고 갈라졌다. 현은 자신이 울고 있다는 사실을 깨달았고, 그래서 계속 울었다. 어느 순간 보니 도진도 울고 있었다.

도진은 비명을 지르듯 외쳤다.

"당연하지! 세상이 그렇게 굴러가는데 나더러 어쩌라는 거야? 그러면, 나는 그러면, 못된 사람 되는 게 기분 좋은 줄 알아? 나라고 해서 생각이 없는 거 같아? 아무리 생각해 봐도 다른 방법이 없는데, 다른 방법이 없어서 그러자고 한 건데, 결국 이렇게 될 것 같아서 그랬는데, 넌 뭐야? 목숨이 소중하다는 소리는 누구나 할 수 있는 거잖아! 학교가 문제라는 것도! 나도 알아! 알아서 말하기 싫은 거야!"

"그래? 너한텐 내가 속 편하게, 적당히 착한 소리만 하는 것처럼 보였겠네?"

"아니야?"

현은 윗니로 입술을 질끈 깨문 채, 처음에 했던 설명을 곱씹었다. 둘 중에서 죽을 사람을 골라야 했는데 거리 때문에 우연이 더 안전한 선택이 됐다고. 어쩔 수 없었다고. 그건 꽤 그럴듯한 변명이었고, 진짜라고 믿는다면 진짜가 될 것이다. 하지만 그러고 싶지 않았다. 양심이 남아서 그런지, 아니면 도진을 똑같은 처지로 끌어다 놓고 싶을 뿐인지.

"아까 내가 무슨 생각으로 실을 끊었는지는 알아?"

"생각이 있기나 했어? 어쩔 수 없었다면서?"

현은 소매로 눈가를 문질러 닦은 다음 훨씬 뚜렷해진 목소리로 운을 뗐다.

"아니야. 안 죽으면 센스/네트한테 가서 죄다 말한다길래 실타래를 끊은 거야. 응. 어쩔 수 없이 선택한 게 아니라, 내가 죽었어. 네 쪽으로 날아가서 두 번째 괴물부터 처리할 수 있었는데, 일부러. 하율 교수님이 잡혀가고 졸업한 선배들이 다 쫓겨나고 나도 너도 인생이 꼬이는 건 싫어서 그랬어. 살려 놔도 설득이 안 될 것 같아서. 나도 그만 피곤해져서.”

도진이 눈을 부릅떴다.

“살인자.”

“응, 난 착한 척만 하다가 사람 죽인 거 맞아. 의료 센터에 신고할 마음도 없어. 그러니까 네가 가서 일러.”

“뭐?”

“행정처 교직원이든 센스/네트 방송국이든 간에 가서 이르라고. 안 그러면 너도 공범이야.”

말을 마치고는 도진의 당황한 표정을 확인하자 얄궂게도 홀가분한 기분이 들었다. 평소에 이렇게 말하는 쪽은 도진이었는데. 서 있던 자리가 한순간에 바뀐 느낌이었다.

“내가 너처럼 입만 산 줄 알아? 못할 것 같아서 그래?”

“해. 누가 말린대?”

“너—.”

도진이 으르렁거리며 첫마디를 내뱉는 순간 누가 훅 다가왔다. 빛이 바로 옆에 있었다. 칼로 잘라 내듯이 도진의 목소리가 뚝 멈췄다. 두 사람 사이 고요한 어둠 위에 일렁이는 희부연 불빛. 불빛 안에는 이런 문장이 적혀 있었다.

'무엇을 도와드릴까요?'

다시 보자 사람이 아니라 드론이었다. 안내용 드론이 다가와서 정해진 구역 바깥을 돌아다니는 학생들에게 홀로그램을 쏜 거였다. 현은 빛줄기가 시작되는 곳을 잠깐 들여다보다가 도진에게로 시선을 옮겼다. 눈이 마주치자 웃음이 나왔다.

"무섭지? 지금이라도 말하면 선배도 병원에 보낼 수 있고 다 좋아지는데, 사실 그럴 용기는 없지?"

도진의 얼굴이 딱딱하게 굳었다. 지점토로 만든 가면처럼 무감각했고 눈이 텅 비어 있었다. 도진은 한 발짝을 성큼 내딛어 현에게로 다가왔다. 여러 감각이 동시에 느껴졌다. 감각이 뒤섞였다. 철썩 하는 울림이 귓전을 때렸고, 목이 이상한 각도로 꺾였고, 차가운 공기가 폐 깊숙한 곳까지 쏟아져 들어왔고, 몸에 힘이 풀리면서 세상이 훅 기울어졌다. 무언가 단단한 게 눈가를 때렸다. 관목 덤불의 나뭇가지든 돌부리든 뭐든 간에.

"너도 공범이야!"

현은 온 힘을 다해 울부짖었고, 균형 감각을 잃은 채 물에 빠진 사람처럼 허우적댔다. 땅이 계속 꿈틀거렸다. 구르고, 구르고, 구르다가 겨우 한 손바닥으로 땅을 짚었다. 까끌까끌한 흙 알갱이가 입 안을 돌아다녔고 콧등은 쇠비린내로 덮여 있었다. 침을 뱉고 뺨에 손을 가져다 대자 축축하고 더운 기운이 느꺼졌다. 피였다. 무작정 소매로 닦아 봤지만 그럴수록 얼굴에 끈적거리는 부분만 늘어났다.

한참을 그러고 있다가 정지 버튼이라도 눌린 듯 정신을 차렸다. 도진은 보이지 않았고 드론도 없었다. 점점 밝아 오는 공기가, 땅에 가까운 부분은 붉고 하늘로 올라갈수록 맑은 청색을 띠는 공기가 현을 감싸고 있었다.

그렇게나 소리를 지르고 울었던 시간이 아득한 옛날처럼 느껴졌기 때문에 현은 일어섰다. 일어나서 외투에 달린 모자를 푹 뒤집어쓰고 기숙사로 향했다. 나무 사이를 벗어나 길로 돌아오자 학생들이 하나둘 보였다. 다들 현이 흙과 낙엽으로 범벅이 된 꼴을 보고 흠칫거렸다. 대놓고 수군거리기도 했다. 연구동 건물 한복판에 쌓인 거름 더미라도 본 것처럼. 어울리지 않는 게 여기 있다는 것처럼.

현은 모두 무시하면서, 시선을 앞에 두고 걸었다. 건물 뒤편의 하늘은 길 밖에서 보았던 것처럼 놀랍도록 평안하고 투명한 색채를 뿜고 있었다. 그 하늘이 자신에게 침을 뱉는 것 같았다. 아무렇지도 않게. 정말로 아무렇지도 않게. 아무렇지도 않은 아침의 소리와 온도와 색채를 모두 통과해 방으로 돌아왔다. 외투와 잠옷을 욕실 바닥에 벗어 던진 다음 그 위에서 몸을 씻었다. 타일의 골을 따라 흙탕물이 흘렀고 눈가가 찢어질 듯

아팠다.

　아침 8시. 이제 막 하루가 시작됐는데도 아주 지치고 피곤한 기분이었다. 침대에 쓰러져 누운 현은 도진이 지금쯤 뭘 하고 있을지 생각해 보았다. 도진은 우연의 기숙사 건물 앞에 서 있을 수도 있고, 하율에게 상담하러 갈 수도 있고, 자신처럼 가만히 있을 수도 있었다. 어쨌거나 아직은 생각하고 싶지 않았다. 현은 엎드리듯 베개에 머리를 박았다가 눈가가 쑤셔 오는 것을 느끼고 돌아누웠다.

22

눈을 뜨자 해가 하늘 중간에 걸려 있었다. 현은 누구라도 상관없으니 연락이 왔으면 좋겠다고 생각하면서 태블릿을 켰지만 아무것도 없었다. 도진이 화를 마저 쏟아 냈더라면 그걸 불꽃 삼아 자신도 함께 타오를 수 있을 텐데, 이제는 흩날릴 재마저 없는 듯했다. 현은 일어나서 연구실에 나갈 준비를 했다.

즐거웠던 어제저녁도, 이상하게 홀가분했던 새벽 5시도 모두 아득했고 동작은 사무적이었다. 편안한 면 티셔츠에 검은 기운이 감도는 청바지를 입고, 운동화를 신고, 태블릿과 전자 종이 묶음과 저장 장치가 담긴 가방을 들고 기숙사 밖으로 한 걸음을 내딛는다. 이제 현을 이상한 눈으로 보는 학생은 없다. 또는 이상한 현이 없다. 눈가는 길게 찢어졌고, 그 주변은 잉크라도 쏟은 양 보라색으로 물들어 있고, 입에서는 아직 흙의 맛이 감도는데도.

"오늘따라 다들 좀 늦네. 아니─, 세상에! 얼굴이 왜 그래?"

연구실에 발을 들이고서야 걱정 섞인 질문을 받을 수 있었다. 현은 하율에게 가볍게 고개를 숙여 인사하면서 억지로 웃었다.

도진이 아직 오지 않은 건 다행일까, 불행일까.

"내리막길에서 넘어져서 좀 굴렀어요."

"좀이 아닌 것 같은데. 센터는 다녀왔어?"

"내버려 두면 낫겠죠. 문제라도 생기면 그때 가 보려고요."

"균이 들어가면 곪을 수 있으니까 지금 바로 가서 소독이라도 받아. 엄청 심하게 찢어졌어. 하루는 쉬어야 할 것 같은데."

"아뇨, 진짜 괜찮아요. 다리가 부러진 것도 아니고 눈가만 살짝 찢어졌는데요, 뭐."

"다친 건 다친 거지. 의료 센터에 어서 가 봐."

하율이 고집 센 유치원생을 대하듯 현의 어깨를 두드렸다. 현은 떠밀리듯 복도로 나왔고, 아직 닫히지 않은 문을 돌아보았다. 하율이 문고리를 붙잡고 서 있었다.

"참, 카페테리아에 주문 넣으려 했거든. 센터 다녀오면 배

달 시간이 딱 맞을 텐데, 생각 있어?"

"네."

"과일주스, 아니면 커피? 커피는 어제 보니까 원두가 달라졌더라."

"커피로 부탁드릴게요."

"응, 커피. 그리고 센터에서 의사 선생님이 쉬라고 하면 쉬어. 내가 커피 사 놨다고 굳이 아픈 몸 끌고 연구동까지 오지 말고. 내일 또 사 줄 테니까."

연구동을 나온 현은 중앙로를 지나 학생 구역 안에 있는 의료 센터에 이르렀고, 이게 마지막 걸음이기를 빌었다. 오늘뿐만이 아니라 내일도, 모레도 다시 연구동으로 돌아갈 필요가 없게. 어딘가 멀고 좋은 곳으로 사라지듯 도망칠 수 있게. 하지만 소독약을 묻힌 솜이 눈가에 닿자 통증이 덫처럼 몸을 옥죄는 느낌이 들어서, 현은 조금 몸서리쳤다. 그리고 생각했다. 왜 커피를 골랐을까?

선택 사항의 순서가 선택에 영향을 미친다는 심리학 연구를 들은 적이 있다. 아니면 달콤한 주스가 지금 상황에는 어울리지 않는다는 느낌에 그랬는지도 모른다. 어쨌거나 둘 다, 하잘것없는 의미 부여에 불과했다. 현은 다시 중앙로를 거쳐 304호 앞에 섰다. 조심스레 문을 열자 한 뼘쯤 되는 틈 사이로 도진의 뒷모습이 보였다. 타이밍도 참 기막히지.

커피 한 잔보다 거창한 것을 바랐을지라도 어떤 말이 오가는지 들을 자신은 없어서, 현은 그만 문고리를 놓아 버리고 말았다. 그러고는 복도의 서늘한 벽에 기대어 서서 도진이 센스/네트에 제보하거나 제보하지 않기를 빌었다. 두 소망은 동시에 이루어질 수 없는 것이었지만 똑같은 진심이었고, 그래서 공허했다.

× × ×

도진은 하율에게 말했다.

하율은 우연에게 연락했다.

우연은 의료 센터엔 가지 않겠다고 했고, 그렇게 갔다.

진솔은 아무 말도 하지 않았다.

다른 선배들은 별 생각 없이 연대 보증을 섰다가 빚 독촉장을 받을 위기에 놓인 사람처럼 굴었다. 안됐네. 안됐지만, 그래도. 그 선배들은 도진을 직접 찾아오기까지 했다. 대화가 끝난 후, 도진은 이선을 동시에 여럿 만난 기분이라며 중얼거렸다. 산 사람은 살아야 한다고 말하거나, 회유하려 하거나, 남 생각은 하지도 않고 일을 벌이려 한다며 화를 내거나, 아닌 척 협박

하거나, 흐느끼는 이선. 자신은 한 번만 서버를 열어 주었고 그 다음부터는 교수님께 일을 맡겼다면서, 아직 열리지 않은 재판의 과실 비율을 계산하기도 했다. 그들 모두 평소에는 좋은 사람들이었다.

도진은 결국 제보를 포기했고, 연구실을 옮겼다.

진짜 이선은 장례식장에 와서 울지도 않고 멍하니 서 있다가 떠났다. 그리고 며칠이 지난 뒤에 종이 수첩을 가지고 연구실로 왔다. 기숙사 1층 우편함에서 뒤늦게 발견했는데, 자신이 가질 물건은 아닌 것 같다고 했다. 하율은 그걸 받아서 장식장에 넣어 두었다. 그 후로도 회사 법무 팀 직원이 연구실에 종종 들렀는데 상황이 정확히 어떻게 흘러가는지는 몰랐다. 별말이 없으니 잘되어 가리라 믿을 뿐이었다.

잘되어 가는 게 도대체 뭘까.

현은 하율과도 오래 이야기했다.

× × ×

"서버는 닫는 게 좋겠다. 널 마지막으로 두고, 학생 TO는 다른 연구실로 돌리자. 그러면 돼. 지금까지는 내가ー우리가ー 너희한테 너무 심한 짓을 한 거야. 최소한 서버를 따로 열어 주는 일은 그만둬야 해. 그건 우리 몫은 아니야."

"그만둬야겠죠. 저도 그렇게 생각해요."

"미안해."

"미안해하실 건 없어요. 하지만…… 이렇게 끝날 문제는 아닌 거, 아시잖아요."

"넌 내가 센스/네트에 연락해야 했다고 생각하니?"

"그러길 빌었어요. 도진이든 교수님이든 누구든 간에, 남이 먼저 물길을 트면 어쩔 수 없다는 듯 휩쓸려 가고 싶었죠. 그게 아니라면 아닌 대로 살고요. 제가 도대체 뭘 바라는 걸까요. 잘 모르겠네요. 사실 방송을 탄다고 해서 뭐가 확실히 달라질 거라는 생각은 안 들거든요."

"그래도 학교가 바뀔 수 있을 만큼은 바뀌겠지. 어쨌든 여전히 학교고."

"기업체들이 학비를 대신 내 주는 게 자선 사업은 아니니까요. 연구원들을 쇼핑하듯이 사 가는 거죠. 학생들 처지에서도 팔릴 만한 물건이 되는 것만으로는 부족하고, 더 비싼 값에 팔려야 하고…… 그러면, 그러면 학교를 닫아야 하는 건가. 닫으면 끝나는 건가요. 그것도 아니라고 생각하는데. 왜냐하면 회사들에는 여전히 유능한 연구원이 필요하고, 애들한테는 회사가 필요하니까. 줄 세우기를 멈추라는 말은 아무도 안 들으니까."

"비슷한 게 생길 거야."

"그러면 제가 뭘 해야 하는 걸까요. 정말로 모르겠어요."

"나도 마찬가지야. 내가 뭘 바라는지, 뭘 하고 있는지도 분간이 안 가. 예전에는 분명히 안다고 믿었지만 이젠 아니게 됐어. 가끔은 진솔이 6학년이었을 때를 떠올리곤 해. 10년쯤 전이지. 나는 14년 전 사건 때문에 이 연구실에 갇혀 있고……. 회사가 나를 가뒀지……. 그래서 학교가 버린 아이들을, 회사가 허락하지 않는 방식으로 구해 주는 게 반항이라고 믿었어. 그런데 이제 진솔은 선임 연구원이 됐고, 상당한 돈을 덱스컴에 벌어다 주고 있지. 다른 관리자들도. 거기에 비하면 계약서 조항은 좋은 편이 아니고."

"네."

"그러면 나는 위험을 무릅쓰고서라도 안식처를 선물한 걸까 아니면 그 애들을 덱스컴에게 헐값에 팔아넘긴 걸까? 반대로, 그 애들은 팔려 나간 걸까 아니면 구원받은 걸까?"

"둘 다겠죠. 그걸 나눌 수 있을 것 같지는 않아요."

"그러면 이렇게도 생각해 보자. 게임은 어떤 학생들에게 덜 아픈 죽음을 안겨 주지. 그런데 스트레스성 뇌출혈은 병사로 처리되기 때문에, 그 애들이 왜 그렇게 되었는지는 말할 수가 없게 돼. 오히려 자살이 통계에 잡힌다면 문제가 보일 텐데도.

그러면 우리는 어떻게 해야 할까? 그 애들한테, 투사가 돼서 센스/네트의 다큐멘터리 촬영 팀 앞에 서라고 할 수 있을까? 세상을 바꿔야 한다는 이야기는 매대에 잘 올라가지도 않는데? 아니면 학교에 경각심을 불러일으키기 위해, 고통스럽게 죽어 가라고 내버려 둬야 하는 걸까? 정신 건강 센터나 가상 휴양지 기록이 남을까 봐, 이력서를 관리하려고 게임에서 쉬는 아이들은 또 어떻고?"

"가끔씩 꿈에 우연 선배가 나와요. 선배는 그때 했던 질문을 똑같이 되풀이하죠. 저는 별로 말하고 싶지 않아요. 하지만 대답해야 하니까, 할 말도 있으니까, 이렇게 외치죠. 나한테 그런 이야기는 하지 말라고. 알고 싶지 않다고. 이런 고민은 내가 떠맡을 게 아니라고. 내가 할 수 있는 건 적당히, 이선 선배를 위로하고 죽은 사람들을 추모하고 친구들과 잘 지내는 것뿐이라고."

"나도 그렇게 생각해."

하율은 지친 표정으로 미간을 좁혔고, 이어 말했다.

"하지만 어쨌든 알게 됐잖니."

× × ×

　우연이 죽은 한 주를 제외하면 현은 계속 게임 서버를 열었고 가끔은 이선을 만났다. 거기에 무슨 의미가 있는지는 생각하지 않은 채로. 그건 속죄이거나 자기만족이거나 강박이었다.

　좋은 소식이 들려올 때도 있었다. 정신 건강 센터가 확장 공사를 한다거나, 심층 심리 검사가 연중 2회로 확대된다거나, 상담 선생님이 늘어난다거나, 상담 기록을 기업체에서 열람할 수 없게끔 규정을 고친다거나. 미취업 졸업자들을 대상으로 한 자금 대출 금리가 5년 거치식에서 20년 고정으로 바뀐다는 이야기도 있었다. 현은 그런 소식 앞에서 그래 좋다, 그래서 뭐? 라고 생각하곤 했다. 서아를 연구실에 맞아들일 때도 마찬가지였다.

　다정한 마음은 한 사람을 구할 수 있다. 하지만 구해야 하는 게 세상의 모든 한 사람이라면, 그 한 사람들이 모여 만들어 내는 세상이라면 어떨까. 다정과 이해도, 곁에 있어 주는 시간도, 도피처가 되는 꿈도 모두 그 세상 안에만 있는 거라면. 학비도 대신 내 주지 못할 용기만을 껴안은 채 세상을 깨고 밖으로 나아가라고 할 수 있을까. 우리 모두 다 함께 여기를 뛰쳐나가면 빚도 무엇도 없을 거야. 그런 울림이 그리는 세상은 달콤했지만 게임의 마지막 순간처럼 쉽게 부스러졌고, 그래서 그건 똑같은 꿈이 되었다.

결국 문장으로 이루어진 미로를 헤맨 뒤 남는 것은 아직 오지 않은 세계의 구원을 믿으려 애쓰는 자신과 그 무엇도 상상하지 못하는 자신뿐이었다. 그 점에서만큼은 도진이 옳았다. 상상하지 못하는 것을 알고 행하기란 불가능했다. 오직 애쓰는 것만이 가능했다.

23

"옥상에서 널 만났을 때, 시간이 훌쩍 돌아간 느낌이 들었어. 이미 지나간 기억에 끼어들어서, 그리고 한 발짝 물러나서, 내 뒷모습을 바라보는 것만 같았지. 그때 어떤 표정을 짓고 있었는지 돌이켜보려 했는데 떠오르는 게 없더라. 그래서 네가 나랑은 다르기를 빌었어. 적당히 좋은 일을 한다고 믿다가 졸업해서 평범한 연구원이 되기를 바랐던 거야. 그게 바로 내가 줄곧 원했던 거고 영영 잃어버린 거니까. 서버를 따로 열어 주는 것도, 게임에 접속한 학생들의 사정을 들어 주는 것도 내 선에서 끝내려 했어. 네가 무언가 책임지지 않도록. 아무것도 생각하지 않을 수 있도록."

현의 말이 끝났을 때 서아는 압도당하는 기분을 느꼈고, 휠

씬 넓어진 세계에 덩그러니 놓인 자신을 발견했다. 먼 옛날에 우주는 한 점이었다고 한다. 그러다가 어느 순간 팝콘이 터지듯 원자와 입자들이 멀리 뻗어 나가 우리가 아는 세계가 만들어졌다. 이 세계는 멀어짐에서 출발했다. 밤하늘을 수놓은 별들은 수천수만 년 전에 사라진 광채의 흔적이고, 우리가 보고 매혹당하는 것들은 이미 그 자리에 없다.

"결국 이렇게 됐네."

그래서, 현은 미안하다고 말하려는 것 같았다.

"저는 괜찮아요."

서아는 현을 물끄러미 바라보다가 그 뒤편으로 시선을 옮겼다. 눈동자를 들여다보는 눈동자처럼 창문은 다른 연구동 건물의 창문을 담고 있었다. 밤 11시. 사각형 격자는 곳곳이 어둠으로 빈 탓에 조각을 잃어버린 퍼즐 판을 연상시켰다. 숨을 깊이 들이켜자 창문이 하나 더, 그늘 속으로 사라져 갔다. 서아는 그 빈자리에서 영원히 사라진 것이 아니라 사라짐의 형태로 남은 무엇을 발견했다.

알고 이해했다고 믿었던 순간이 그늘마다 어른거렸다. 한낮의 중앙로는 상아와 다이아몬드를 섞어 녹인 듯 새하얗게 빛났고, 노을 빛을 받은 연구동 건물은 불로 닦아 낸 유리구슬처럼 찬란했었다. 진솔은 강단에 올라서서 자신만만한 목소리로 외쳤다. 학생들은 진술이 아니라 덱스컴이 약속한 미래와 미래의 자신을 바라보았고, 그건 낯설지만 아주 익숙한 열망이었다.

그리고 한 번도 알지 못한 순간 또한 있었다. 하율은, 처음으로 게임을 만든 사람은 무슨 마음으로 거기에 다시 아이들을 초대했을까. 그 모든 죽음은 하율의 마음에 어떤 형태로 남아 있을까. 이선은 무슨 마음으로 수첩을 돌려주었고 무슨 마음으로 지도의 끝에 서 있었을까. 그런 일이 일어날 동안, 현도 도진도 진술도 이선에게는 아무것도 말하지 않았는데. 도진은, 현은, 우연은 또 어땠을까.

서아가 어렴풋이 깨달은 것은 그 열광과 비참이 결국엔 하나라는 사실, 그래서 모두에게는 좁힐 수 없는 간격이 남는다는 사실뿐이었다…….

"괜찮을 거예요."

그렇게 덧붙이는 순간 불빛 하나가 또 꺼졌다. 이 세계의 시간에서 어찌 할 바 없이 생겨나는 고독과 번민의 거리를, 서아는 그저 바라보았다.

종장

24

늦은 시간이었다. 서아와 현은 조금 더 이야기한 뒤 각자의 기숙사로 돌아갔다. 잠들기도 전부터, 서아는 평생의 꿈을 미리 꾼 느낌을 받았다. 동물 모양으로 몰려다니는 꽃잎, 거기에 휩쓸려 함께 바람이 되는 아이들, 빛을 반사하는 각도에 따라 다른 맛으로 변하는 유리창, 너울거리는 사파이어처럼 타오르는 숲, 광섬유 다발이거나 보석 조각이거나 서로를 옭아매는 팔인 나무들, 새까만 괴물과 세 마법소녀, 환한 햇살이 쏟아지며 끝나는 동화.

물론 진짜 꿈의 형태는 그것과는 달랐지만, 일어났을 때 서아는 자신이 지난밤에 어떤 꿈을 꾸었는지 떠올리지 못했다. 고요한 아침의 공기가 반투명한 그늘 위에 얹혀 있었다. 저 멀리

에서 햇살이 비쳐 들어왔지만 희부연 안개 때문에 잘 느껴지지
는 않았다. 하늘 전체가 색이 옅은 네온 가스로 뒤덮인 것만 같
았다.

몇 시지? 오전 7시 30분. 서아는 일어나서 가방을 챙기고
밖으로 나갔다. 돌아다니는 학생이 얼마 없었다. 천천히, 평소
보다 더 느린 속도로 걸어 연구동까지 가는 동안 주위의 사물
이 밀려오듯 나타났다가 안개 속으로 물러나기를 거듭했다.

중앙로를 절반쯤 올라갔을 무렵 나지막한 목소리가 안개
낀 풍경에 스며들었다.

"서아야."

걸음을 멈추고는 소리가 난 곳을 향해 고개를 돌렸다. 이선
이 길 바로 옆 벤치에 앉아 자신을 향해 손을 흔들고 있었다. 유
령에게서 인사를 받은 느낌이라고 말하면 실례일까. 흐릿한 미
소를 빤히 바라보던 서아는 가까이 다가가 옆에 앉았다.

"괜찮으세요?"

"밤을 새서 그런지 머리가 지끈거려. 어지럽기도 하고. 그
래도 이제 괜찮아진 것 같아. 아까 두통약을 먹었거든."

"의료 센터에 가실래요? 그래도 된다고, 현이 선배도……."

서아는 조심스레 말을 꺼냈다. 이선은 천천히 고개를 가로
저었다.

"게임을 끝낸 다음 줄곧 여기에 앉아 있었어. 여길 걸어 올라가는 애들을 한 명씩 보고 싶었거든. 그러다가 해가 제일 높을 때 증발하듯이 사라지고 싶었지. 투명 인간처럼. 아무도 나를 기억하지 않고 아무도 나 때문에 슬퍼하지 않게끔. 한 명이면 충분하니까."

이선의 시선이 홱, 서아에게 달라붙었다.

"그런데 널 불렀네."

"제가 선배였어도 그랬을 거예요. 누구든 붙잡고 말했을 거예요."

"그렇겠지."

갑자기 분위기가 가라앉았다. 서아는 신발 뒷굽으로 바닥을 탁, 탁, 탁 두드렸다. 밴드 공연의 리허설처럼, 어슴푸레한 빛이 발밑에 스미고 방향 없는 소리가 울렸다가 끊기는 시간. 이선이 은근히, 아니면 무심코 윗몸을 기대어 왔다. 미묘한 온기가 어깨에 맞닿았다.

"나도 아직 욕심을 못 버렸나 봐."

서아는 타인의 기억에 남으려는 것은 어떤 종류의 욕심일까, 그 당연한 것이 어쩌다 욕심이 되어 버렸을까 곱씹느라 곧바로 대답하지 못했다. 그 침묵이 무언가를 전해 줬는지 이선이 가볍게 등을 밀었다.

"이제 가 봐야지."

서아는 고개를 숙여 이선에게 인사한 뒤 길을 따라 올라갔다. 그리고 이따금 뒤를 돌아보며 멈춘 풍경처럼 앉은 이선을 눈에 담았고, 길이 꺾여 중앙로의 허리가 건물들 뒤편으로 접혀 들어간 다음에도 때때로 그 자리를 그려 보았다. 그렇게 연구실에 도착한 순간 벤치에 앉은 누군가의 모습은 기억에서 솟아 나와 하율이 되었다.

"현이에게서 이야기 들었어."

서아는 다시, 고개를 수그려 하율에게 인사했다.

× × ×

하율은 이제 그런 일들은 끝났다고, 지금껏 해 온 일에 대해서도 마냥 떳떳하진 않다고 했다. 누구의 삶을 함부로 결정 짓는 것은 오만일 수밖에 없다는 거였다. 다른 한편으로는 그게 진짜 문제를 가린다는 점에서 옳지 않다고도 말했다. 그러나 시간을 돌린다고 해서 다른 선택을 할 수 있을까. 학자금 제도가 바뀐다면 많은 문제가 해결되겠지만 거기엔 복잡한 이해관계가 얽혀 있기 마련이고, 그 학생들에게는 선택할 시간이 얼마 없었다. 이선과 우연에게 평생을 바쳐 투사가 되라고 쉽게 말할 수 있을까. 그러지 못했다고 해서 비난할 수 있을까.

세상이 문제이니 세상을 바꿔야 한다는 진단은 아주 쉽다. 시간제한도 없거니와 구체적인 삶을 다룰 필요도 없기 때문이다. 그렇게 한 발짝 물러날 때는 모든 것이 명쾌해진다. 그래서 사람들은 곧잘, 사악한 회사가 있고 선한 사람이 있어서, 선한 사람들만이 부당하게 고통받는다고 믿게 된다. 그러다가 가끔은 정의로운 용사가 나타나서 사악한 쪽을 물리친다고. 덱스컴이나 센스/네트 같은 회사들은, 학교는, 정말로 무자비해 보이니까.

그래서 폭로와 영웅담은 관중을 위한 면죄부처럼 쓰인다고, 하율은 말했다.

세계의 끔찍한 면도 결국에는 사람들로 이루어져 있으며 그들은 대개 과하지 않은 욕심과 소망만을 품고 살아간다. 굶주리고 추울 걱정 없이, 즐거운 것을 그럭저럭 누리면서, 주변 사람들과 잘 지내고 싶다는 욕심. 자신이 아끼는 모두에게 영원히 다정하고자 하는 소망. 하지만 삶은 가끔 서로의 코스를 침범하는 단거리 경주 같아서, 정론이 냉담함으로 다가오는가 하면 온정은 잔인해진다. 먼 미래의 모두를 위한 선택은 지금 당장의 트랙을 망가뜨리고, 어느 누구는 인생이 꺾이고 만다. 이 시점에, 조금 더 어렵고 까다로운 트랙에 몰렸다는 이유로.

그러니까, 사람들이 겁먹고 외면하고 침묵하는 데에도 그럴듯한 이유가 있다.

그러니까, 세계는 쉽게 바뀌지 않는다.

×　×　×

"우리가 아는 낱말들을 분류해 보자. 이해나 공감 같은 건 좋은 쪽이겠지. 냉담함이나 잔인함은 나쁜 쪽이고. 평범한 감각으로는 어느 한쪽이 다른 쪽을 짓누르듯이 이긴다고 믿게 될 거야. 뜨거운 주전자에 얼음 조각을 던지면 녹아 버리고, 반대로 얼음 덩어리에 물방울이 떨어지면 함께 얼어붙어 버리는 것처럼 말이야. 그리고 한 사람의 따뜻함이 무한한 악 앞에서 무너지는 장면을 상상하며 두려워하지. 또는 마지막 한 방울이 거대한 얼음을 쪼개는 장면에 희열을 느끼거나. 하지만 그런 장면은 순간에 불과해."

"네."

"정말로 남는 건, 이 세계는 고통과 기쁨이, 아름다운 것과 끔찍한 것이, 옳은 것과 그른 것이 복잡하게 뒤엉킨 덩어리라는 사실뿐이야. 우리가 여기에 머무르는 한 사악해 보이는 것에서 분리될 수 없다는 사실, 우리 각자가 온전히 다정할 수도 없고 온전히 올바를 수도 없다는 사실이지. 누구에게도 손해가 아닌 건 대개 환상이고 현실을 바꾸는 것들은 삶을 깎아 내. 우리든, 우리 이웃이든, 아예 모르는 사람이든 간에. 게다가 해결책을 떠올리기 어려운 문제들도 있지."

"궁금한 게 있어요."

"말해 봐."

"그러면 할 수 있는 일이 아무것도 없지 않나요. 그런 것들이 모두, 한 사람 처지에서는 어쩔 수 없는 거라면요. 더욱이 가끔은 아예 탈출구를 상상할 수 없거나 남들이 받아들이지 못할 해답만이 있다면요. 그런 경우에는 처음부터 모르거나 알더라도 외면해 버리는 게 그 사람한테는 가장 나으니까, 세상은 더 좋아질 수가 없다는 건가요."

"아니야. 거기에서 출발하는 거야."

"출발, 이라고요."

"가끔은 물러나기도 하고, 가끔은 도망치기도 하겠지만……. 용감한 사람들은 계속 있을 거야. 소중한 것을 포기하고 아끼는 사람들에게 상처를 입히면서 무언가를 해내겠지. 하지만 그러기 위해서는, 우리가 세상과 어떤 관계를 맺고 있는지 똑바로 보고 그 복잡함을 이해해야 해. 내가 어디에 있는지 모르는 상태로 올바른 목적지에 도착할 수는 없으니까. 함께하기 위해서는 서로의 위치를 알아야 하니까. 또 아직 알지 못하는 걸 진심으로 포기할 수는 없으니까."

"하지만 아무리 생각해도 만족스러운 답이 없다면요? 떠오르는 게 없으면 어떻게 하죠?"

"그래서 어려운 거지."

× × ×

세상의 모든 악덕과 혼란을 홀로 끌어안고 죽기란 차라리 쉽다. 한 명이 모두 감당할 수 있다면, 남은 사람이 괜찮다는 보장이 있으면 누구든 기꺼이 그럴 것이다. 그러나 실제로는 한 명이 감당할 수 있는 악덕도 다른 이들의 안녕을 보증할 누군가도 없기 마련이므로, 옛날 사람들은 그런 일을 구원이라고, 또는 기적이라고 불렀다. 기적이 아닌 것은 혼란을 부른다. 그래서 어렵다.

하율은 자신도 어려운 일을 잘 해내진 못했다고 했다. 그러니까 남을 손가락질할 자격이 없으리라는 거였다.

"내가 어째야 했는지는 아직도 잘 모르겠어. 우연이 죽었을 때 기자들 앞에 나섰어야 했는지도 몰라. 그전에라도. 진솔이 처음으로 부탁을 들어줬을 때. 아니면 15년 전에. 시간을 돌

종장

릴 수 있다면 그런 가능성에 두루 도전해 봤을 거야."

하지만 기회는 한 번뿐이라서 하율은 연구실에 남았다. 나름대로 변명이 되는 구석도 있었다. 그런 내막을 모두 밝힐 필요는 없으니까, 평범한 사람에게도 발언권은 있게 마련이니까. 하율은 안전한 자리에서 가능한 만큼은 이야기했다. 학자금 제도 개선에 대해. 정신 건강 센터에 대해. 학교 자체에 대해. 그러면 충분한 건가. 충분함이란 어디에도 없는 것처럼 느껴졌고, 그래서 그 충분하지 않음은 하율이 줄곧 안고 갈 숙제가 됐다.

"새벽에 이선을 만나고 왔어. 오래 이야기했지."

조만간 장례식이 있을 거라고, 하율이 서아에게 말했다.

25

열흘이 지나 서아는 학교 밖으로 향하는 차에 몸을 실었다. 운전석에는 하율이 앉았고 현과 서아와 도진의 자리는 그 뒤였다. 아무도 먼저 입을 열지 않았다. 창밖으로 시외의 푸른 빛이 잠깐 스치더니 도시가 나타났다. 강철과 유리와 콘크리트로 쌓은 건물들이 하늘에서 내려오는 빛기둥처럼 번쩍였고 도로는 검은 강인 듯 빠르게 흘렀다. 차가 움직이는 게 아니라 도시가 제멋대로 요동치면서 그 안에 든 사람과 물건들의 위치를 서로 바꾸는 듯했다.

차는 도시를 통과하고서는 다시 시외로 접어들었다. 화장터와 납골당을 겸하는 장례식장은 시내의 건물들만큼이나 세련된 외관이었다. 맨 오른쪽 건물로 들어서자 꼭대기에 조화를 매달아 놓은 원통형 안내 로봇이 입구에서 방문객을 맞았다. 직원 유니폼을 입은 사람들도 간간이 돌아다녔다. 그리고 나머지, 수십 개의 발이 정처 없이 플로어 이곳저곳을 서성이는 소리가 일정한 박자를 이뤘다.

플로어 좌우로는 방 네 개가 펼쳐지듯 놓여 있었다. 3호실이 이선의 몫이었다. 마루와 기둥은 색이 연한 목재였고 벽은 손자국만으로도 티가 날 것처럼 하얬다. 관을 연상시키는 직육면체 구조물이 각방 입구에서 먼 곳에 서 있었다. 정확한 이름을 몰랐기 때문에 서아는 그걸 마음속으로 제단이라고 불렀다. 잿빛 제단 위에는 홀로그램이 누군가의 상반신을 그리고 있었다. 허공을 바라보며 희미하게 웃는 이선. 가까이 다가오는 조문객들에게 시선을 맞추고, 자신의 죽음보다도 남의 슬픔을 더 슬퍼하듯 고개를 숙이는 이선.

그게 왜인지 이상해서, 자기 차례가 왔을 때 서아는 팔을 뻗어 빛 조각들을 흩으려다가 말았다. 자신은 이선을 모르고 홀로그램 앞에서 함께 고개를 떨어뜨리던 사람들을 모른다. 이선의 가족과 친척과 학교보다도 더 오래된 기억을 모른다. 앞으로도 영영 모를 것이다. 그러니까 뭐라 할 수가 없다. 대신에 서아는 앞으로 알고 기억하게 될 것을 바라보았다. 홀로그램 너머에 놓인 단지는 두 손으로 감싸 안을 만한 크기에 표면은 매끈한 유백색이다. 불에 씻겨 나온 시간이 저기에 모두, 읽힐 수 없는 형태로 담겨 있다.

단지를 바라보며 경건한 자세로 두 손을 모으는 순간 뜨거운 꼬챙이 같은 게 가슴 한구석을 찔러 들어왔다. 이선의 눈이 모두 이해한다는 양 자신을 좇고 있었다. 서아는 기도를 올리는 대신 심장에 남은 열기를 매만지듯 가슴팍에 손바닥을 얹었고, 얄팍한 홀로그램에서 알지도 못하는 사람을 발견하고 쉽게 전율하는 것은 인간의 추잡스러움인지도 모르겠다고 생각했다. 이제는 복잡다단한 드라마에 끼어들어 함께 고민할 필요가 없으니까, 그 선배는 귀찮게 왜 그런대요, 할 처지에서는 완전히 벗어났으니까 그걸 스크린 속의 한순간처럼 받아들이고 울 수 있는 것이다.

하지만 슬퍼할 수 있는 부분만을 알고 기억하는 게 아니라면 사람의 슬픔은 순수해질 수 없었다. 이물질이 순수성을 침범하지 않도록, 하지만 순수함이 뻔뻔함에 이르진 않도록. 그 균형은 세상이 복잡한 만큼이나 아슬아슬해 보였다. 서아는 조금 더 침묵하다가 제단 앞을 떠나 흐느끼거나 무표정하거나 일부러 웃음을 가장하는 사람들 사이로 섞여 들어갔다. 이윽고 현의 손이 손목을 붙잡아 왔다.

"가자."

종장

현은 서아를 이끌고 장례식장 밖 맞은편 건물로 향했다. 그러고는 태블릿을 꺼내 입구를 가로막은 기계에 방문 코드를 인식시켰다. 이내 쇠기둥이 회전하듯 위로 올라가며 길을 열어 주었다. 내부 공간의 구획을 나누는 것은 콘크리트 벽이 아니라 유리 진열장이었다. 유골함을 안고 있는 수천 개의 칸. 현은 각 구획에 달린 안내판을 확인하지도 않고 네 번째 벽 너머로 걸어 들어갔고, 서아도 따라갔다.

벽 너머에서 어떤 사람 한 명이 서서 바로 앞의 유골함에 시선을 맞추고 있었다. 그러다가 발소리를 들었는지 고개를 홱 돌렸다. 도진이었다. 현은 처음부터, 옆모습만 보고도 알았을 것이다. 어쩌면 들어오기 전부터 알고 있었는지도 모른다. 현을 발견한 도진은 달갑지 않은 장소에서 길을 잃어버린 사람처럼 미간을 좁혔고, 허탈한 듯 작은 숨을 내뱉었다가, 아랫입술을 살짝 깨물었다.

현이 물었다.

"이제 만족해?"

"아니."

"그러면?"

도진은 대답하지 않았고 현이 다시 말했다.

"또 그렇게 불러 봐."

도진은 잠깐, 현을 노려보았다.

"미안."

그러고는 고개를 살짝 돌리면서, 책상 밑으로 무언가를 내버리듯이 중얼거렸다.

온전한 대답이 아니었고 그 한마디로 봉합될 시간도 아니었지만 현은 그것으로 충분하다고 느낀 듯했다. 도진에게도 마지못한 타협점이었을 것이다. 도진이 한 발짝 물러나자 현은 도진이 있던 자리로 갔다. 눈높이 위치에 우연의 이름이 적힌 유골함이 있었다. 그 옆의 칸은 비었는데 곧 누가 들어올 듯 말끔하게 닦여 있었다.

그 모습이 꼭, 슬픔이 미뤄지는 순간처럼 보여서 서아는 아무것도 없는 공간에서 시선을 떼지 못했다. 다른 둘도 가만히 서 있기만 했다. 진득한 액침 표본 용액처럼 침묵이 차올랐다. 그러다가 빛이 이상한 각도로 들어오면서 수천 개의 유리 칸막이 속에서 산란해 나갈 때, 갑작스럽게도 한 문장이 귀를 파고들었다.

"언젠가, 아주 먼 나중에라도, 네가 말하면— 나는 도울게."

현의 목소리인지 도진의 목소리인지는 알 수 없었다. 둘의 목소리가 겹쳐 들리는 것 같기도 하고 상상이 빚어낸 착각인 듯도 해서 서아는 대답을 머뭇거렸다. 그러는 사이 사방으로 번져

종장

나가던 광채가 우산이 접히듯 움츠러들었고 발밑에서는 테두리가 흐릿한 원이 마지막으로 한 차례 빛을 발했다. 종막을 알리는 스포트라이트처럼. 또는 종교적인 어떤 순간처럼.

그래서 서아는 손을 모아 쥐었고, 평온을 지키기에는 가시가 돋쳐 있고 한 명이 몰락을 택할 때만 모두를 그물처럼 엮어 가는 다짐을 기도문 삼아 기도를 올렸다. 지나간 가능성과 아직은 상상하지 못할 상상을 위해. 우연과 이선과 더 많은 사람을 위해. 그리고 한편으로는 바로 곁에 이선이 있다고, 언제든 높다란 웃음소리가 들려오고 발 그림자가 허공을 두드릴 거라고도 생각해 보았다.

그 이미지는 은혜보다는 저주 같았기 때문에 경건해지기 위해서는 특강의 분위기를 떠올려야만 했다. 말없이 확신하고 무언가를 꿈꾸고 앞날을 끌어당겨 품에 안는 눈빛들. 하지만 기도는 길어질수록 멀어지거나 덧없어졌고 끝내 남은 것은 불안한 침묵뿐이었다.

이제 서아는 그 불안만을 믿거나 두려워할 수 있었다.

어른 없는 세상에서
어른의 일 찾기

윤혜은(작가, 서점인)

떨어지는 질문들

수년 전, 각국의 하이틴 장르를 대표하는 콘텐츠를 모아 둔 트윗을 본 적 있다. 상류층 자녀들의 파격적인 로맨스나 첫사랑의 아련한 설렘을 그린 작품들 가운데 한국은 다름 아닌 드라마 <SKY 캐슬>과 짝을 이루고 있었다. 마치 그 트윗이 게시된 이유처럼 느껴질 정도의 강렬한 존재감이었다. 해당 트윗은 제법 리트윗이 되면서 '웃픈' 공감을 받았는데, 개인적인 동의 여부나 감상과는 별개로 왠지 모르게 설득되고 마는 그 '알 것 같은' 기분이 결코 유쾌하진 않았던 기억으로 남아 있다.

찰나같이 마주한 트윗을 지나 단요 작가의 『마녀가 되는 주문』을 읽기까지는 3년 정도의 간극이 있다. 그 사이 나는 우연히 청소년문학을 즐겨 읽는 사람이 되었다. 그건 나쁜 것들이 더 나빠지는 세계 속에서 내게 드물게 더해진 좋은 점이었다. 10대가 주인공인, 10대의 이야기를 읽다 보면 뜻밖에도 무언가를 회복해 나가는 기분이 들었기 때문이다. 내 안에 웅크리고 있는 어린아이를 위로할 만큼은 자랐다는 확인이 되어 주는 독서는 달콤하고 뭉클했다.

　『마녀가 되는 주문』을 읽는 동안 이전의 독서와는 다른 날카로움에 자주 멈칫했다. '청소년이었던 나'보다 '청소년' 그 자체에 집중하게 만드는 이야기여서였을까. 어른이 되지 못한 아이들, 아니, 어른이 되지 않기로 선택한 아이들 앞에서 나는 과거로도 미래로도 도망가지 못한 채 현실에 꼭 붙들렸다. 꼼짝없이 어른의 얼굴로 서아와 현, 이선과 우연의 세계를 마주하는 일은 내가 있는 곳으로 떠밀려 오는 낯선 슬픔을 묵묵히 줍는 것과 같았다. 그 아득한 무게를 느끼며 오늘날 청소년들의 일상을 상상해 보는 것이 이 독서를 선택한 내게 주어진 역할 같았고. 누가 그것을 주었느냐, 하면 앞서 이름을 부른 아이들이라고 밖에.

　지난해 실시된 교육여론조사⁺에는 우리나라 초·중·고등학생의 삶의 질(행복)에 관한 문항이 새롭게 등장했다고 한다. 초등학생의 행복 수준이 높다는 응답은 28.3%, 중학생은 15.7%, 고등학생은 13.8%로 가장 낮은 결과가 나왔다.

성인을 대상으로 한 조사였으므로, 정작 삶의 질을 평가받는 당사자들은 모집단의 표본에 속하지 않았기 때문에 가끔 이런 기사들을 볼 때마다 아이러니한 기분이 든다. 겨우 '청소년들이 행복해 보이지 않는다'를 말하기 위한 조사는 아닐 텐데. 하지만 거리를 둔 채 행불행을 따질 거면 청소년들이 제각기 어떤 환경에 놓여 있는지 들여다보는 것이 먼저 아닐까 하는 의아함⋯⋯은 고스란히 나에게로 돌아왔다. 그러게 말이다. 지금 청소년들은 어디서, 어떻게 지내고 있지? 피라미드 형태로 날카롭게 다듬어진 행복, 그 꼭대기 한쪽을 상상할 수 있는 단서가 단요 작가가 그린 청소년들에게 있었다.

가상 서버 안에서 교육이 진행되는 미래 시대. 영재원에서도 특출 난 아이만 입학할 수 있는 엘리트 고등교육 기관이 있다. 얼핏 양질의 교육 시스템 속에서 유유히 자유주제를 탐구해 나가는 것처럼 보이지만 실상 모두 기업체의 후원을 받아 내야만 하는 치열한 숙명에 처해 있다. 핵심 연구원으로 졸업하면

✦ 기사 [2022 교육여론조사] "양극화 극복 위해 '학벌주의' 개선돼야", 「뉴스1코리아」 2023년 1월 7일자. https://www.news1.kr/articles/4926021

탄탄대로의 인생이 펼쳐지고 그렇지 못할 경우 7년간의 모든 학비며 생활비가 고스란히 한 아이와 가정의 빚으로 돌아가는 잔인한 규정이 존재하는 곳.

'왜 이딴 곳이 존재하는 거야?'라고 묻는 일은 순진하다. 제도권 안에서 정형화된 행복을 학습했을 뿐인데, 그것이 뾰족하게 돌아와 아이들을 겨눌 때에는 좀처럼 책임지려 하지 않는 이 거대한 학교는 우리 사회 그 자체나 다름없으니까. 현실은 언제나 소설에 앞서니까.

소설 속 아이들이 현실을 탈출할 수 있는 방법은 두 가지뿐이다. 선택받고 날아오르거나 그러지 못해 떨어지거나. 난간에 기댄 서아의 뒷모습으로 시작하는 소설의 첫 장면은 그 자체로 아이들이 처한 아슬아슬한 경계를 보여 준다. 하지만 어떻게 서아의 몸이 오직 전자를 향해 기울기만을 바랄 수 있을까? 서아의 발밑이 얼마나 깊은지 알지 못하면서 행복과 성공을 향해 도움닫기를 하라고 할 수 있을까? 의심하는 사이 소설의 다른 한쪽에서는 이제 모두의 선망을 받으며 날아오를 일만 남은 우연조차 스스로 떨어지기를 택한다. 이미 어른이 된 내가 감히 내리지 못한 답변이 무겁게 돌아온다. 그러니 이 질문에 대한 답은 필요 없다. 애초에 서아가 난간에 서는 일이 없어야 했다. 모두가 뾰족한 행복 위에 닿기를 바라게끔 만들지 말았어야 했다.

이어 주는 마음

이제 나는 다른 것이 궁금해진다. 대체 어른들은 어디에 있는 거냐고. 『마녀가 되는 주문』에는 어른이 없다. 분명 존재하지만, 너무 늦게 나타난다. 어른 없는 세상에서 아이들은 비행 청소년이 되는 대신 서로에게 작은 어른이 되어 준다. 누군가는 반드시 패배하고 마는 현실을 바꿀 순 없지만 잠시나마 현실 도피가 가능한 게임 서버를 가동해 친구들과 함께 은밀한 자유를 즐긴다.

덕분에 죽음을 연습하던 서아도 자신을 마법소녀라 소개하는 선배 현을 만나 사설 서버의 차세대 관리자 연습생이 된다. 난간을 붙잡는 대신 구름 위에서 중심을 잡고, 별을 흩뿌리며 낙원을 탐방하는 아이들을 보며 나는 어느 시인의 말을 떠올렸다. "절벽 끝에 서 있는 사람을 잠깐 뒤돌아보게 하는 것. 다만 반걸음이라도 뒤로 물러서게 하는 것."[+] 백 번의 죽고 싶은 순간을 지울 순 없어도, 백한 번으로 늘어나기까지의 시간을 연장하는 연약한 구원이 아이들을 감싼다.

서버의 역할이, 마법소녀의 역할이 딱 거기까지였다면 차라리 좋았을 텐데. 이후에 드러나는 낙원에 숨겨진 반전, 학교

[+] 신철규, 『지구만큼 슬펐다고 한다』, 문학동네, 2017

와 기업체의 결탁 같은 사건은 충격적이라기보다 서글프다. 모든 문제가 수면 위에 올라오기까지 아이들의 분투만이, 아이들의 희생만이 이어지므로. 그것이 이 소설의 가장 큰 비극이다. 그러나 비탄에 빠지는 건 언제나 이르다. 아이들이 어렵게 희망한 흔적이 남아 있기 때문이다.

"성장이란 시간에 벽을 세우는 일"이라고 여기는 아이들, 외딴 섬처럼 부유하며 각자도생을 먼저 배운 아이들은 끝끝내 우정의 곁에 서서, 선의와 결속되기를 택한다. 어른들이 일러준 것과 달리 담장 같은 것은 놓지 않고. 허물어진 벽 너머로 서로를 알아보며, 함께하는 시간을 기억하겠다는 약속을 나눈다. 그건 문항에 없는 선택지였지만, 그래서 현실에 아무런 영향도 미치지 못했지만, 각자가 존재하는 방식에는 어떤 흔적을 남겼으리라. 그리고 우리는 안다. 한 세계의 균열은 언제나 개인의 변화에서부터 시작되었다는 것을.

너무 멀어지진 않았으면 좋겠어. 네가 누구보다 잘나가는 연구원이 되더라도, 내가 아무것도 되지 못해도, 계속 이렇게 이야기를 하고 감추는 것 없이 지냈으면 좋겠어. 네 세상과 내 세상이 너무 달라지진 않았으면 좋겠어. 그게 다야.

어른들이 가르쳐 준 적 없어도, 막다른 현실의 마지막까지 아이들은 우정을 쌓고 자기 앞의 삶을 사랑하려 노력했다. 그렇다면 그 실패를 과연 아이들의 실패라고 할 수 있을까? 너희가 아니라 우리의 실패라고 인정할 수 있을 때, 비로소 모두에게 필요한 성장이 가능하겠지. 어른들의 못다 한 일도 거기서부터 시작될 것이다. 예컨대 아이들에게 예상 가능한 미래를 선택하게 하기보다 모르는 내일을 상상할 기회를 더 주는 방식으로 말이다. 어른이 되어도 어디로 가야 할지 어떻게 살아야 할지 도무지 알 수 없는 내일투성이지만, 그런 내일에 반복해서 도착하며 지겨움을 사랑하는 연습이 어제와 다른 하루를 만들어 줄 거라는 힌트를 더해서.

아무래도 『마녀가 되는 주문』을 읽은 이상 '어쩌다 어른이 된 오늘'을 하찮게 여기긴 힘들 것 같다. '어른 됨', 그 아리송한 부담이 찾아와도 떠올릴 아이들이 있으니까. 그러니 소설 바깥에서 만날 얼굴들을 위해 부지런히 초대장을 접어 둬야겠다. 삶은 어느 한 지점을 정복하는 것이 아니라 무수한 점을 찍으며 나아가는 것이라고 이어 주는 마음을 담아. 내일에서 너의 이야기를 기다리는 어른이 있다고 말해 주고 싶다.

| 작가의 말 |

인생이 하나의 구독제 상품이라고 생각해 보겠습니다. 청소년기가 인생의 체험판이라면 청소년소설은 인생에 대한 티저 광고일 것입니다. 대부분의 청소년소설이 긍정적인 톤으로, 정신적인 면을 강조하면서 전개되는 이유겠지요. 상품을 광고하기 위해서는 좋은 부분을 먼저 말해야 하고, 가산 요금이나 약관상의 주의 사항 같은 건 아무도 보지 않을 부록에 몰아넣어야 하니까요. 역경과 고난이 있어도, 문제가 생겨도 어떻게든지 극복할 수 있다고 말해야만 구독자 입장에서도 계속 구독을 유지할 보람이 있으니까요.

그러니까 반대로 말하자면, 청소년소설이 삶을 보여 주는 방식에는 크게 두 가지가 있을 것입니다. 하나는 버텨 내는 힘을 선물하고 나아가는 길을 응원하는 것이고, 다른 하나는 생에 어쩔 수 없이 포함된 불안과 두려움을 그대로 그려 내는 것입니다.

『마녀가 되는 주문』을 시작할 때는 전자를 쓰고자 마음먹었는데, 쓰다 보니 차츰 후자로 기울었습니다. 다 함께 마음을 모아 부조리를 밝히고 해피엔딩으로 돌진하려는 순간, "아니야, 그렇게 쉽지는 않아."라는 목소리가 어디선가 들려오더군요. 사실 이 소설의 씨앗은 『크레디토크라시』를 읽으면서 처음 생겨났으니까, 진짜 방향은 처음부터 정해져 있었는지도 모르겠습니다.

서로를 아끼는 마음이란 가장 강력한 진실이면서도 가장 덧없는 거짓말이라고 느낄 때가 많습니다.

사람은 따뜻한 마음으로 살아가는 것이 사실이라지만 세상은 참 복잡하고 모두에게는 각자의 사정이 있어서, 모든 사람을 아낄 수는 없기 때문입니다. 하지만 그래도 우리는 최선을 다해야 하고, 최선을 다하기 때문에 슬퍼집니다. 그리고 대부분은 비겁해집니다. 『마녀가 되는 주문』은 그 슬픔과 비겁해짐에 대한 이야기입니다.

물론 비겁해져도 된다고, 비겁한 것이 부끄러울 일이 아니라고 말할 수는 없습니다. 세상의 모든 일은 비겁함을 이기는 용기를 통해 여기까지 굴러왔기 때문입니다. 하지만 볼품없는 실패에서도 배울 것은 있기 마련이니까, 비겁함이 무엇인지 모르는 상태로 용기를 낼 수는 없으니까 이 글의 모든 문장에도 나름의 의미가 있으리라고 믿어 봅니다.

　　『마녀가 되는 주문』의 시작과 끝을 함께한 책폴 출판사의 이혜재 편집자님께, 훌륭한 표지 일러스트 그려 주신 져니님께, 멋진 서평 써 주신 윤혜은 작가님께, 최길웅님, 이으뜸님, 최지혜님께, 항상 곁에서 응원해 주는 친구와 지인 들에게, 그리고 이 소설을 읽어 주신 독자 여러분께 깊이 감사드립니다.

단요

마녀가 되는 주문

1판 1쇄 발행 2023년 5월 10일
1판 2쇄 발행 2023년 8월 18일

지은이   단요

편집   이혜재
디자인   MALLYBOOK 최윤선, 정효진, 이예령
제작   세걸음

펴낸이   이혜재
펴낸곳   책폴
출판등록 제2021-000034호(2021년 3월 15일)
전화   031-947-9390
팩스   0303-3447-9390
전자우편 jumping_books@naver.com

ⓒ 단요, 2023

ISBN 979-11-981765-6-1 (43810)

너와 나, 작고 큰 꿈을 안고 책으로 폴짝 빠져드는 순간
책폴

블로그 blog.naver.com/jumping_books
인스타그램 @jumping_books